所有寂寞都藏着眷恋的光

包利民 著

江苏凤凰文艺出版社
JIANGSU PHOENIX LITERATURE AND ART PUBLISHING, LTD

图书在版编目（CIP）数据

所有寂寞都藏着眷恋的光 / 包利民著. -- 南京 : 江苏凤凰文艺出版社, 2017.12

ISBN 978-7-5594-1215-7

Ⅰ. ①所… Ⅱ. ①包… Ⅲ. ①散文集－中国－当代 Ⅳ. ①I267

中国版本图书馆CIP数据核字(2017)第252045号

书　　名	所有寂寞都藏着眷恋的光
作　　者	包利民
策划出品	九志天达
责任编辑	姚　丽
策划编辑	赵芳怡
责任监制	刘　巍　江伟明
出版发行	江苏凤凰文艺出版社
出版社地址	南京市中央路165号，邮编：210009
出版社网址	http://www.jswenyi.com
印　　刷	三河市金泰源印务有限公司
开　　本	690毫米×980毫米 1/16
字　　数	200千字
印　　张	15
版　　次	2017年12月第1版　2020年5月第4次印刷
标准书号	ISBN 978-7-5594-1215-7
定　　价	35.00元

目 录

第1辑
走进一片雪花的温暖

第 2 辑
梳齿间的细光阴

第 3 辑
流年里最美的单车斜阳

第 4 辑
你是世间最暖的书

第 5 辑
脚会记得路的暖

第1辑
走进一片雪花的温暖

短短的一瞬，影响着长长的一生。或许每个人的生活中都有着类似的情节，看似遗忘，却一直在散发着温暖与力量，就像落在心间不经意的一粒种子，不知不觉中已生长成郁郁葱葱的希望和美好。

比刹那更短，比时光更长

（2016年重庆市中考语文试卷A卷阅读题）

一个寒夜的梦里，散乱的情节却温暖了一枕的冷清。醒来默坐，窗外依然是飘飞的雪和小兴安岭腊月的寒流，而心底却像落了一场雨，所有曾经的点滴片段，仿佛静静地滋润了一生的时光，从来不需要想起，却一直在心底莹然。

有时候，刹那间的一点光一滴暖，都可成为生命中永不消散的感动。

沿着时光的脚步追溯，我看到了最初的那个刹那。那个时候，刚刚从农村搬进城里，完全不同的世界展现在少年的我面前，便生出许多起起落落的黯淡心绪。或许是自卑心理的影响，在学习方面毫无优势后，便开始用偏激的行动来引起别人的注意。有一次和别人打架后，被老师在办公室门口罚站。当时心里正愤愤不平，老师教训了我几句，转身开门进屋时，我看见他嘴角扬起一丝笑意。门关上的瞬间，一句他和别的老师说的话从门缝挤了出来：“这孩子和我小时候特别像……”

那一刻，心上的茧壳片片剥落如花。老师曾经那么多的严厉话语，那么多的语重心长，都不及这无意间的一丝笑意、半句闲话。许多年以后，再见曾经的老师，已是垂暮老人，从没提过以前的事。或许他不知道，是他当年的微笑和话语，使一个叛逆的少年从此改变。在另一片海阔天空里，那点滴的感动与触动，洗亮着所有的黯淡。

短短的一瞬，影响着长长的一生。或许每个人的生活中都有着类似的情节，看似遗忘，却一直在散发着温暖与力量，就像落在心间不经意的一粒种子，不知不觉中已生长成郁郁葱葱的希望和美好。

就像一个朋友所说，一直自闭，一直恐惧，一直防备，这是她从小到大的常态，只因为她是孤儿。关于家，关于亲情，只是从书中知道概念，却无法理解其中的意蕴。就这样一直到高中，她几乎一个朋友都没有。就算别人善意的结交，她也是冷漠以对。那时班上有个女生是城里人，家境也好，对她也总想关心，可是不管多么真心真诚，她都不予理会，她只觉那是怜悯。高三时有一天，那个女生找到她，之前女生好些天没来上学，女生深深地看着她，第一句话就说："现在咱们一样了，我也成孤儿了！"

原来，那个女生的父母在一场车祸中双双身亡。朋友说，只那一句，就让她打开了心扉。并不是因为女生真的变得和她一样，而是女生眼中那一刻的真诚和失落，让她不想别人和自己一样。就算是相依为命也好，反正从那之后，世界在眼中慢慢地变换了，知道了那些在亲情之外更多弥足珍贵的情感。

对于朋友来说，那个女生刹那的目光，穿透了所有成长迷茫的岁月，照亮了以后所有的路途。那短短的瞬间，一如一只温暖的手，轻轻地叩开了心里那扇冷漠的门。

想起曾经写过的一件事。邻家大伯很健谈，可是每年中总有固定的一天，终日无言。后来我们知道了原因，却是久久震撼。他的父母都是聋哑人，有一年冬天，父母带着六岁的他去爷爷家过年。半路上，汽车忽然出了故障，慢慢地滑向山路下的深谷。车门无法打开，人们砸开车窗时，车身已经向下倾

斜。大家纷纷挤向车窗向外跳，父母护着他拼命挤到车窗前，两双手将他推了出去。他回头看，父母眼中全是不舍和牵挂，脸上带着微微的笑意。

从此，每一年的那一日，他都会禁言一天，用来体会父母当年的沉默无声，脑海中全是汽车坠崖那一刻父母的眼神与笑容。在生命中的每一个那一天，邻家大伯就是用这样的方式，来怀念着那份爱与悲情。

足够了，漫长的岁月中，哪怕有过一个能融入我们生命的刹那，所有的日子便都有了意义。不管风雨起落，长路长夜，那份感动，那份爱，都会延伸向永远，成为念念间最美的心灵家园。

温暖心窝的话语

（2015年广西壮族自治区柳州市中考语文试卷阅读题）

初中时，语文老师是个严厉的中年女人，姓王。那时我刚从农村转来县里中学，由于不了解这个老师，所以被她狠狠地批评了几次，导致一见她就害怕，心里有了阴影。

而且我写字极潦草，虽然在王老师的管教下，已经工整了许多，却依然难以入眼。来新学校上学后，第一次交作文，我对作文还是有信心的，心想就算字写得难看些，作文的质量也能弥补得过去了。而且，听说王老师就要调走了，这些天上课一直有个年轻的林老师跟着听课，准备接手我们班的语文课。

当我满怀希望地盼到把作文本发下来时，迫不及待地翻开，却如遭了当头一棒，我的三页作文被撕下去了！王老师有这个习惯，谁作业写得不好，都会撕掉重写，我就经历了好几次。可是没想到，自己很有信心的作文，也是这个命运。而且全班就我一个人被撕了，心里黯淡了极点。当我把重新写的作文交上去后，过了两天，课代表把我的作文本拿了回来。我翻开一看，还好，这次没有撕。

我随意翻了翻，就在作文后面看到一句鲜红的评语：“你的作文是班上写得最好的，所以我把前一篇撕下来，留着当作纪念了！”那一瞬间，心里猛然一暖，再也没有了怨恨和不满，眼睛一下子就濡湿了！我跑去办公室，却见那个一直跟着听课的林老师在那里，她说：“王老师已经走了，调到别的城市去了！”

王老师留在我作文本上的那句话，温暖着我许多的学生岁月，及至以后走上写作这条路，与此也有着极大的关系。只是从那以后到现在的二十多年里，却再也没能见到她。

直到在沈阳上大学的时候，当年初到县城读初中时的那种自卑才再次出现。虽然那个时候，我的文章已经写得很不错，并发表了许多，可是，却无法支撑我在其他方面的全面崩溃。那时候很孤独，几乎没有朋友，没课的时候，别的同学都去做自己的事，我则拿上本书躲到学校后面的河边，常常是坐到夜幕长垂。

大二那年的冬天，我依然没事时去河边静静地待上会儿，河流已经凝固了形状，两岸都是洁白的雪地。我的足迹就延伸到那棵树下，每天每天，足迹的重叠，成了一条窄窄的路。那个下午，我像往常一样来到河边树下，却发现雪地上有一行字：祝你生日快乐，开心着度过这里的每个春夏秋冬！

久久凝视着雪上的那行字，就觉得心里有什么东西悄然破碎，涌动着一种莫名的情绪。一直以为，没人会注意到我，没人会知道我的生日。回去的路上，脚踩在雪上，发出一种很动听的声音，周围的冰封雪盖，忽然就充满了温情。那一行字早就随着春天的到来而消散，却一直刻在我心上，伴我度过了好多个寒冷的季节。

大学毕业走上社会，那些校园中的雄心壮志和斑斓的梦想，在现实中被无情地撞击得粉碎，于是失落接着失落。有一年，为了排遣心中那份落差，为了躲避白眼冷遇，我去了一个极偏僻遥远的大山深处的村庄，当了一段时间的代课老师。在那天涯一般的地方，面对那些纯净的笑脸和清澈的眼睛，心里也渐渐地万虑皆宁。每天，除了给孩子们讲课，更多的时候，孩子们会问我山外的事，听我讲那些时，他们的眼中全闪着向往的光。

我在那里待了三个月，离开时，正是秋天，满山的树和花正绚烂得一片深情。孩子们爬上前面的那座山，然后，那个当班长的女生给了一张叠着的纸，让我出了山再看。当我来到镇上，坐上通往县城的汽车，大山已被远远地甩在了身后。我打开那张纸，是一行字：舍不得老师，可不会留您，以后我们会去山外找您！

二十个字，二十种笔体，我知道，是班上的二十个孩子每人一个字写下的！回望大山，已淡成一道浅影，又在我潮湿的目光中朦胧起来。孩子们的梦想重新点亮了我的梦想，从而让我再次回到繁华的都市中，心里再也不黯淡，而是充满了温暖的力量。

最后一句温暖的话语，也是在一个陌生的城市出现的。生病住院，身边无亲无朋，百无聊赖，便总到走廊尽头处去吸烟，那些日子烟量大增，一包烟常常是不到一天就不知不觉地空了。更多的时候，是倚在病床上看书，邻床的是一个十一二岁的小女孩，便总缠着我给她念书，她听得很入神。几天后女孩出院，我便把书送给了她，她极兴奋。临走时，她跑回来，塞给我一张纸条，然后云一样飘走。

纸条上写着：你的烟我每天都偷出好多支，别再吸烟了，我爷爷就是因为吸烟死的！那一行整齐的字，一下子击在我心底最柔软的角落，觉得心里暖暖的，温暖着世事的苍凉。

这四句话，我始终都铭记在心里，总会在落寞重重时，在我生命里开出永不凋零的感动。

忽然想起，前年回到家乡的县城，在街上邂逅初中时后来教我们语文的林老师，她已经有了白发，提起曾经给我作文本写下那句话的王老师，她却笑

着说："其实，那句话是我写的，王老师走了，我怕你对她有抱怨，我怕你因此对任何人失去信心，所以……"

在七月的阳光下，我的眼睛刹那间就湿了。

花开的方向

（2014年江苏省宿迁市中考语文试卷阅读题）

母亲喜欢养花，阳台上摆满了大大小小的花盆，四季的轮换里，总有花儿是绽放着的，如此，阳台里一直充盈着春意。另外，有几盆花是放在母亲的卧室里的，那几盆花是同一品种，母亲也叫不出名字，多次的搬家，无论是同城里的迁移或城市间的辗转，那几盆花母亲都没有抛弃。

那几盆花只在每年的夏季里开放，花期半个多月。花朵并不出奇，比指甲略大些，一圈的花瓣，中间是橙黄的蕊，形状上像极了缩小的葵花。它们通常是三五朵聚拢成簇，有一种极浅极淡的香，只在寂静的夜里，万虑皆宁的时刻才能感受得到。这种花唯一特别的地方，就是固定地朝着西方开放，无论怎样地挪动位置或转动花盆，都不能影响。母亲就这样宝贝似的把它们放在卧室里，不离不弃。

母亲对于养花有一套独到的经验，不管什么花，在她的调理之下，都显出一股子活泼劲儿来，常让她那些老姐妹们欣羡不已，总有许多人慕名上门来取经，或讨花丫和花籽儿。母亲的养花爱好是受姥姥影响，或者是遗传使然，

少年时曾和母亲回她的老家探亲，姥姥家在一个很远很远的乡村，几乎养了一屋子的花，院子里也栽得满满的。那时我就发现了那种母亲至今珍爱着的花，想来是姥姥送她的了，问母亲花名的时候，她含笑说："你姥姥也不知道叫什么名字呢！反正我老家那边，这种花是很常见的！"

母亲卧室里的花，起初在老家没有搬到这个城市的时候，我记得是五盆，后来我大学毕业后，就变成了六盆，而搬来这里后，又多出来一盆，成了七盆。仔细回想一下，几乎是以每十年一盆的速度递增着。直到去年，发现那花变成了八盆，几乎摆满了卧室里的窗台。算起来，去年正是搬来这个城市的第十年了。而母亲的那些老友中，却极少有人知道这几盆花，母亲也从不给她们看，似乎那只是她自己的秘密。

母亲卧室里的窗户恰好是向西开的，那些花儿摆在那儿，每年夏季开花的时候，那些花儿便从从簇簇地向着窗外，很像隔窗远眺的样子。在它们的花期里，母亲留在卧室里的时间就多了，常常是坐在床上，向着那些花儿，也不知是在欣赏花儿的开放，还是看向窗外。那眼神飘忽着，仿佛很近，又似乎很远。

去年年末的时候，母亲回了一次她的老家，给姥姥过八十岁大寿。也有好几年没回去了，临行前显得很是兴奋，似乎不管多大年龄的人，一想到要见着自己的母亲，都表现得像个孩子。是啊，不管多大，在母亲面前都是孩子吧！母亲一个劲儿地叮嘱父亲，卧室里的那些花几天浇一次水，每次水量是多少，直到父亲都能背得出来，这才放心而去。而阳台里那些花儿的照看问题，母亲却是一句没提，任由父亲去折腾。

母亲回来后，很高兴，有一种满足的神情，不停地说着姥姥的身体很棒，依然伺候着一大院子的花。也难怪，八十岁的人了，能有这样的身体和精神，作为子女自然开心幸福。心里忽然一动，姥姥八十岁大寿，而母亲的花儿正好是八盆，回想起来，似乎真的是随着姥姥每十岁的增长而增多一盆。于是笑问母亲，母亲看向那些花，说："对呀，就是这样，你姥姥每长十岁，我就多种一盆！"一瞬间忽然明白了母亲为什么钟爱那几盆花了，那些花是母亲从故乡带出来的，是姥姥曾栽种下的，母亲珍爱着它们，其实是对姥姥的一种思念，一种祝福。

有一天在网上，无意间闯入一个花卉论坛，各种花草的图片琳琅满目。素来对花花草草提不起兴致的我，正要关掉网页，忽然，仿佛闪电般，一个熟悉的画面划过我的眼睛，正是母亲卧室里的那种花！丁是急忙点开，看它的介绍，上面说，这种花不管在什么地方什么情况下，都是向西开放，并分析了一大堆的原因。我心里涌动着一种巨大的感动，因为我终于知道了它的名字，那是一个让人悠然神飞、魂牵梦绕的名字——望乡。

那些花又到了花期，母亲依然在守望着，目光轻柔地抚摸过那些小小的花朵背影，然后投向西方。而远远的西方，隔着山，隔着水，隔着风雨云雾，有母亲的故乡，有母亲的母亲！

冷风暖香

（2012年黑龙江省龙东地区初中毕业学业统一考试语文试卷阅读题）

腊月的天，冷得干燥，就像空气中凝结着永不会融化的冰。走在街上，忽然觉得周围有了一种灵动，那是一丝带着甜味的温暖气息荡漾过来，仿佛使寒流也有了脉脉的涟漪。

街上每隔上百十米，便有一个卖烤地瓜的，面前是一只改装过的豆油桶，那些甜甜的香味就从其中溢出来。行色匆匆的人们都会略略停顿一下脚步，那气味，那感觉，会让他们瞬间想起家的温馨。这条街是我每天上下班常走的，虽然不曾买过一个烤地瓜，可心里每次都会充满了温柔的感激，只为他们给了我一种微甜的心情。

也不知是从哪一天起开始注意那个女人的。她也就三十多岁吧，全身都围裹在厚厚的棉衣里，面前的三轮车上，一只大铁桶里炭火正红，地瓜的香甜将她围绕在中间。在她的脸上，挂着一丝笑意，没有顾客的时候也是如此，仿佛心里想起了什么幸福的事一样。第一次看见她的笑容，我有一种感动，甚至震动，惊讶于在寒风街头做小生意的她，竟能露出如此清澈的微笑。不像她身前身后的同行们，即使笑也是满怀沧桑与无奈，偶尔还会和顾客诉说一下生活的艰辛。而她却没有，就如地瓜的馨香把她的心也变暖变甜起来。

常有两个小女孩出现在她身边，七八岁的样子，像姐妹俩，她们也不多停留，只是和那女人说上一小会儿话，便牵着手跑开。而女人也总是喊住她们，掀开桶盖，拿出两个热气腾腾的烤地瓜塞在她们手上。几乎每天下班的途中都会看到这样的一幕，暖意融融，让人陡生羡慕。

新年的前两天，我下班路过那条街，女人仍在将暮的街头站立着。想想明天就开始休假，会有半个多月的时间不再路过，心中一动，便走上前去。我深深吸了口气，感受着那种甜甜的气息。好一会儿，我才迎上那张笑脸，此刻，那两个孩子刚刚拿着地瓜跑远。我说："我要买两个烤地瓜！"女人便打开桶盖，说："你挑吧！"女人的眼睛清明见底，我指着两个最大的，她却说："这两个不行呢！我要带回去给孩子！"一副很不好意思的神情，我讶然问："你不是刚刚给过她们吗？"女人愣了一下，笑着说："哦，你说刚才那两个孩子呀！她们可不是我的孩子，她们的爸爸在前面拐角摆修鞋摊儿，腿脚有残疾，都挺不容易的。两个孩子跟我好，我每天都给她们烤地瓜，她们倒是越吃嘴越甜呢！"

铁桶里的热气扑散出来，女人将头上的帽子摘下，我看见她发间戴了一只很漂亮的小发卡，是一朵淡粉的梅花。见我看她的头发，她说："快过年了，女儿送我的，说我戴上好看！"一种幸福与满足写满了她秀气的脸，那一刹那，冰封雪冻间都充满温情。离开的时候，我轻轻说了声"谢谢"，她微笑着点头，眼睛亮亮的，发上的梅花将我的心映亮。

年后回来上班的时候，竟有了一种期待的心情。只是那条熟悉的街上，不见了那个微笑如花的女人。一连很多天，都是日复一日的失望。满街的香气仍在，却再也没有了那张寒风中最暖的笑脸。我想，那样的一个女人，无论过着怎样的生活，都该是满怀幸福的吧！

梦里江南

（2010年广西壮族自治区贵港市初中毕业升学考试语文试卷阅读题）

此生从未去过江南，徘徊于白山黑水之间，那一片烟柳繁华时常摇曳在梦中。看惯了浩荡金风中起舞的白桦林，看惯了莽无边际的林海雪原，在天苍地茫之中，心里就下起了杏花春雨，笼罩了古诗中的四百八十寺。

仿佛展开了一轴画卷，十里莺啼，水村山郭，缓缓绘成了梦里清丽温婉的背景。没有寒冷，没有冰封雪盖，有的只是杨柳微风，杏花红雨，有的好似永远是人间最美的四月天。将脚步放逐于幽深的雨巷，让心轻轻地承载馨香的怅惘。在那样的情景之中，哀愁也变得美丽起来。

江南的女子，该都是亭亭玉立，浅笑低回，驾一叶兰舟，轻抒皓腕，采一朵火红的莲，于时光深处悠悠而来。或人面桃花，倚墙嗅青梅，或秋千院落，裙裾飞扬，或蹙眉深坐，挑尽残灯。千般情态，万种风情，那张微笑的脸，从婉约的宋词深处慢慢地漾上来，直印进我向往的心里。

江南的男儿，该都是满腹才华，风流倜傥，轻摇纸扇，漫步于薄雾轻笼的郊外，或思饮遇艳，或提酒携樽，登楼作赋，把一片情怀挥洒于山水之中。

他们的诗词歌赋，让江南的历史承载了太多眷眷的深情。让远在天涯的我，于书卷的清芬中神飞千里。

江南的才子佳人，男儿的才思，女子的多情，相遇后便演绎出许多的故事。于是便有了男儿的铭心之思，女子的无边清怨。有些故事，历尽千年，早已成为后人口口相传的传奇，成为一份直指人心的美丽。

其实，更吸引我的是江南的历史底蕴。无数次的兴衰更替，造就了沧桑的厚重。江南的风物，吸引了无数统治者的心，他们一心想占领江南。江南，在他们的梦里，是一个欲望。当时柳永的“三秋桂子，十里荷花”，曾引得金主完颜亮布衣亲临江南，在西湖之上，饱览江南名胜之后，慨然写下：“万里车书尽混同，江南岂有别疆封。提兵百万西湖上，立马吴山第一峰。”由此可见其志。

有春风十里、珠帘漫卷，也有故垒萧萧、山枕寒流。无边风月，映衬着沧桑之美。这就是江南，水蕴灵性，山藏厚重，人拥至爱。这样的江南，怎能不成为千百年来人们的向往之地？

我梦里的江南，如一朵洁白的莲在缓缓绽放。

生活竟如此可爱

（2011年山西省太原市中考语文试卷阅读题）

中午时经过一所小学门前，目光忽然被一个人所吸引。那是一个十一二岁的小女孩，坐在地上，面前放一只碗。那只碗很大，现在的人家，很少见到这样大的碗了。她的衣服上居然还带着补丁，她并不像别的乞讨的孩子那样，在面前竖一张纸板或者用粉笔在地上写着悲惨的经历，她只是默默地坐在那里，有着一种莫名的神情。

当时正是午休时间，那些学生成群地涌出校门，有的走向来接的家长，更多的人涌进校旁的麻辣烫、过桥米线等店铺。那些学生，和这个女孩年龄相仿，却有着迥然的神态，仿佛天地之隔。女孩的身边围拢了一些学生和家长，有的学生拿出零钱给女孩，有的在一旁观望嬉笑。

女孩很奇怪，如果面前的手递过来的是纸币，她就装进口袋里，如果是硬币，就摆放在碗里。而且摆得极美观，我饶有兴致地看着，她把一枚一元的摆在碗底中央，周围是一圈金黄的五角硬币，在外围则又是一元的，看看摆不住了，便放第二层，一枚压三枚，就像一朵正在慢慢开放的花朵。我看了好久，直到她的碗里摆满了硬币。然后她小心地捧着碗站起身，慢慢地离开。

我正要走，忽见女孩走进了旁边的卖麻辣烫的店子，好奇之下，便跟了过去。女孩刚一进店门，便听服务员说：“怎么还要到屋里来了？去外面！”女孩的脸一下子红了，小声说：“我想买一碗麻辣烫，带走！”然后轻轻地从碗里拣出几枚硬币。等她提着麻辣烫出来，又拐向另一边的一家书店，只是在门口犹豫了半天，终于没有走进去。我依然跟着她，她又买了一双凉鞋，很大，看样子不是给自己的，还买了一包低档香烟，看她口袋里的纸币已经花尽，碗里的硬币也只剩下少半。

她慢慢地向前走，依然用一只手托着碗，就像在呵护着一朵开在掌中的花。她一边走一边喃喃自语：“还要给爸爸买瓶酒，给弟弟买个玩具……”她回头看了一眼路过的书店，眼中一丝不舍，只是没有停下脚步。我快步超越她，回头看，那只碗里的硬币依然是一朵花的形状，在阳光下闪着灿烂的光。

我猜想，她或许有着一个极贫困的家，有着一个多病的母亲，有着一个劳累的父亲，一个小小的弟弟。本该是在鸟语书香的校园里读书的年龄，却要在大街上拿着一只碗讨钱，这是怎样的一个女孩，或许懂事、善良、自强等词语已不足以概括，就从她在碗中摆钱的行为来看，她便远远超越了这些。也许是因为她的心中有着美丽的花，她才能把那些硬币摆放成如此鲜艳的形状。是的，和那些同龄的孩子相比，她已低到尘埃之中，可是那些最美的花，往往都是开放在尘埃里。

这个夏日的午后，我的心被碗里那些闪光的硬币温柔地击中，将那些蒙在心上的尘埃荡起飘尽。也曾艰难过，也曾在黯淡际遇中挣扎，或许那样的时刻，我的心里有执着、有坚强，可是同这个女孩相比，却少了最重要的东西。我曾抱怨过，也曾嫉妒过，更是愤恨过，世界在我的眼中，一度如此冷漠丑陋。可这个孩子，她眼中的世界是如此美好，即使在如此的生活中，她还能让心上开出花来，而不是结出老茧，真的让人惭愧不已。

感谢这个穿着带补丁衣服的女孩，那些盛开在碗里的硬币，映亮我生命中那么多阴暗的角落，更像一汩清泉，悄悄浸润，涤尽那些经年尘埃。眼中的世界一下子美丽清新起来，看着女孩渐远的背影，才发觉，生活，竟是如此可爱！

创造生活

（2009年辽宁省锦州市中考语文试题阅读题）

世上有三种人。一种人承受生活，觉得一切都是命中注定，便一步一步随波逐流地活到老；另一种人迎接生活，他觉得生活就像手中的一副牌，虽然牌面是注定的，但出法却由自己掌握；还有一种人则用梦想创造生活，认为生活就是一块洁白的画布，美好的前景全由自己去勾画。

“创造就是消灭死。”罗曼·罗兰如是说。创造生活就是把生活中的黯淡变成辉煌，平庸变成高尚，剪去命运的繁枝冗叶，使生命之树向更高的方向生长。创造生活，该是一种充满激情的挑战。

创造生活首先要创造希望。有了希望前进就有了方向，有了希望梦想的归宿才不再是雾里若隐若现的一幅剪影。创造希望也就是拥有了无尽的温暖动力，那还管什么脚长路短、四顾茫茫；创造希望更是创造了人生的最大财富，一颗自由梦想的心就像天际候鸟滑翔的身影，永远带领我们去寻找一种怦然心动的生活。

创造生活还要创造激情。人没有激情就像鸟儿没有翅膀，就像花朵没有

阳光。如果生活是一只船，那么希望是帆，激情就是不停鼓荡的一帆风满；如果生活是一条路，那么希望是脚下的灯，激情就是漫漫的风尘中的万丈雄心。创造激情就是在生活的风浪中创造了豁达的心境、坦荡的胸襟和美丽的执着。

创造生活更要创造生活的内容。每一天的太阳都是崭新的，每一天的自我也是崭新的，每一天的生活更应是崭新的。就像在蓝天上点缀白云，就像在大海上点缀风帆，创造生活的内容就是在匆匆游走的岁月中加上一颗时常感悟的心，就是在生命的旅途中开创一片蜂飞蝶舞的芳草地，可以让灵魂时时在其中憩息。

学会创造生活，生命便展示给你一片常看常新的风景。如果没有创造，就不会有今天的世界，创造生活是人类文明发展的唯一路途。沿着这条路我们走过幼稚，走过丰盈，最终走向生命的极致！

放眼一切赏心悦目的存在，你会感悟：创造生活就是创造美丽！

零下三十度的温暖

（2012年云南省昭通市初中学业水平考试语文试卷阅读题）

那是记忆中最冷的一个冬天，最初的时候雪少，干冷干冷的，连我们在这地方长大的人都有些受不了。而且，那时候我刚刚经历了一场挫折，仿佛看透了世态炎凉，所以愈发地觉得从心里往外的寒冷。

闲得无聊，也是为了躲避伤痛和失望，我决定去乡下的老叔家。老叔一直和我很谈得来，他由于种种原因，大学没有读完就回乡务农，可从没见过他露出过落寞的神情，相反却生活得有滋有味。在老叔那里，受他的情绪感染，我的心情也许会好些。那时老叔正赶着马车给镇上拉煤，每天都忙得团团转。于是我决定第二天和他一起去干活，也许劳累也可以使人忘掉很多事。

没想到当天夜里下了这个冬天最大的一场雪，早起一看，那雪足有一尺多厚，大风呼啸，寒气逼人。我和老叔赶着马车出发了。煤场在距镇上十多公里处，那里荒无人烟，很是偏僻。虽然出发前我们已经全副武装，厚厚的棉衣棉裤棉鞋，大狗皮帽子，毛围脖，只露出一双眼睛，可坐在马车上，我还是冻得眼睛生疼。老叔的鞭子打着响亮的哨子，说：“今天零下三十度，最冷的一

天让你赶上了！”我眯着眼睛，看着白茫茫的雪野，冻得说不出话来。

装完车，身上的汗便多了起来，竟是丝毫感觉不出冷了。休息片刻，马车开始向镇上奔去。风一吹，浑身的汗顿时变凉，接着便是彻骨的冷。那马身上一层细细的白霜，口鼻间突突地吐着大团的白气。我和老叔的帽子上围脖上也是白糊糊一片霜，风像细刀一样钻进身体，连打寒战的力气都没有了。中途路过一个小村子，远远地看见一个人站在村口的路边。待马车行近，看清那是一个四十多岁的妇女，手里拿着笤帚和一只编织袋。老叔忽然用力一甩鞭子，收回时鞭杆戳到煤上，立时一团冻在一起的煤滚下车去。

走出很远，不经意回头，见那女人正捡着马车一路颠簸下来的煤，装进编织袋里。又拉了两车煤，每次经过那个村子，那女人都等在那里捡煤，而老叔也总是故意弄掉些煤。终于我忍不住问他为什么，老叔说："你老婶的弟弟住在这个屯儿，他跟我说起过这个女的。这女的家里很困难，男人死得早，为了供儿子上大学，把地都卖出去了。自己家的那点儿口粮田，到秋天割下来的柴火还不够平时做饭用的，她家冬天连炉子都不点，屋里冷得直挂霜，她每年冬天都冻得一身伤！”我点点头，说："哦，所以她才在这儿等着捡些煤！”老叔甩了个鞭哨说："捡的那些煤她也不烧，要等到儿子放寒假回来时，才把炉子点着，让儿子热热乎乎地过个年！”我心里一动，忽然觉得不那么冷了，便想着也帮那个女人一把。

可是最后一次拉煤回来时，车却在半路陷进了雪壳里。我和老叔又推又拉的，马蹄把雪蹬得飞溅，仍没能拉出去。老叔坐下来，说："只好等过路的车帮忙了！”我也坐在车上，北风正紧，寒冷包围着我们。老叔从衣兜里摸出卷烟纸，掏出烟料来，熟练地卷好一支烟，点燃，深吸了一口，然后递给我。我虽不会吸烟，还是接过来吸了一口，立刻被呛得直咳嗽，忙又还给了他。他一边吸烟一边仔细地看着那明灭的火光，对我说："你看，这么冷的天也不能把这一点烟头冻灭！”看着那一点火光，我亦很有感触，老叔又说："这么大风，越吹，这烟头上的火越亮！人啊，有时也该像这烟头上的火光一样，冻不灭，吹不灭，那就有奔头了！”我一阵感动，老叔用最形象的比喻点醒着我。

等过路的马车把我们的车拉出来时，天已经有些黑了。最后路过那个村子时，竟没发现那个女人等在那儿，可能她觉得天太晚了，我们从别的路直接回家了！老叔一路打着极响的鞭哨，并大声地吆喝着马匹，我手一推，一些煤便落在了路边。车穿过村子时，我回头张望，见那个女人的身影正出现在路边。

返回城里后，心里竟是暖暖的，有了春意。想起那个为儿子捡煤取暖的女人，想起冰天雪地中老叔不灭的烟头，那份爱，那种启示，便会点燃我心中所有的希望和热情。每一个冬天都是春天的先行者，是的，在那个零下三十度的冬天，我却感受到了生命中最动人的温暖。

大雪封不住有希望的心

（2014年湖北省孝感市中考语文试卷阅读题）

有一年冬天，我和表弟徒步去离村几十里外的荒野中抓兔子。在白茫茫的雪野中走了许久，也不见那一行令我们欣喜的印迹，而且中午的时候，起了暴风雪。漫天的狂风，无边的大雪，甸子上的积雪被风吹得像波涛一样滚动，我和表弟躲在树下，满心的恐慌。

过了近两个小时，风停了，雪也小了，我和表弟忙着往回赶。可走了好一会儿，发现周围仍是无边的雪原，雪虽然没有刚才下得大，可我们的足迹还是很快被湮灭。我们心里一惊，知道是迷路了。本来在冬天很少能在野外迷路，至少有来时的脚印能引领我们回家。可是现在，周围除了雪还是雪，没有路。那些站着的身影，是荒甸上稀稀疏疏的树。

每走到一棵树下，表弟便爬上树去向远处张望，可是这么大的暴风雪过后，很难见到村庄的影子，仿佛大地上所有印迹都被大雪所埋没。就这样一路走着，心里焦急万分，如果不能找到村庄，到天黑下来，等着我们的就是黑暗与寒冷，无疑是死路一条。一边走一边纳闷，平时没觉得甸子这么大，怎么周围的村庄一个都看不见呢？我们本想朝着一个方向走，可是满天风雪，根本无从辨别方向，只好向认为着的某个方向不停地走。

当表弟再一次爬上一棵树时，他大声喊道：“哥，前边的雪地上有个黑点！”我们精神一振，奋力迈着疲惫的双腿向前方走去。有的地方雪极深，一脚踩下去能没掉整条腿，这让我们提心吊胆，怕掉进一些被雪填平的深坑里，这极大地影响了我们的速度。表弟一次次地上树，我们离着那个黑点也越来越近，这是我们唯一的希望了。

终于走到了那个黑点所处的位置，却原来是一口极深的水井。表弟失望至极，我心里忽然一动，说：“既然这里有井，附近一定有村子！”表弟闻言又来了精神，飞快地爬上一棵最高的树，观望良久，忽然大喊：“哥，我看见那边有一缕缕的烟，可能是个村子！”我们立刻向那边出发。现在已是傍晚，表弟看到的烟定是村庄的炊烟。又走了近一个小时，一个村子出现在视野里，此时天已擦黑，那一刻，我们都躺在雪地上，大口地喘着气，放下了心中的巨石。

到了那个村子，我们在老乡家休息了一会儿，便抄近路回到了家，才几里路的距离。想起来真是后怕，如果没有那眼水井，我们也许真的会把命丢在无边的雪野之上。而且内心也很震惊，那么猛烈的暴风雪，竟然封不住一个小小的井口！

许多年以后，再次回想往事，心中忽然就多了一份震撼一种感悟。如果把人心当成一眼水井，那么就算生命中的风雪再大，也无法锁住心里的热情，而且更重要的是，还能给迷路的人指引方向、带来希望！

走进一片雪花的温暖

（2013年重庆市中考语文试卷A卷阅读题）

越是寒冷的天气，雪花落得越勤。就如一生最寒冷的际遇中，总会凝结出一些直入人心的美好。其实冬季并不能将一切冻结，比如那些流淌的风，比如那些充满希望的心，都在冰封雪盖中生机盎然。

喜欢飘雪的日子，喜欢走进那一片苍茫的洒落中，身前身后都是舞动的精灵。女儿学校的门前，有一个卖冰糖葫芦的中年女人，在她的三轮车上，一根横着的圆木靶上，插满了红红的冰糖葫芦。她穿着一件绿色的旧军大衣，头上裹一条蓝色的头巾，脸上洋溢着暖暖的笑。孩子们都愿意买她的冰糖葫芦，我问女儿为什么，她说喜欢阿姨的笑。

后来知道这个中年女子身世很是悲惨，不说她那些种种艰难的经历，只是在如此寒冷的风中雪里，她的脸上能露出那么灿烂的笑，就足以让人心生钦敬。有一个雪天，路滑，放学时间车流如织，虽然开得缓慢，还是有许多学生在路上横跑。那中年女人冲过去，抱起一个滑倒的孩子放在路边，自己却被车蹭了一下，倒在地上。幸好车开得很慢，女人并没有受伤，她从地上爬起，掸掉身上的雪，笑着告诉那个孩子以后过马路要小心。而她身后的那些冰糖葫芦，像一串串红红的火。

记起几年前的一个雪夜，我们的车抛锚在一段土路上，透过茫茫夜色，依稀看见左前方有隐约的灯光。车上的几个人冻得直哆嗦，我便同另一个人冒着大风雪去向灯光处救援。走了近二十分钟，双脚已冻得麻木，雪花纷纷扑打在没有知觉的脸上。那是一个小小的村子，我们犹豫着敲开了村头一户亮灯人家的门，说明了情况，那个憨厚的年轻人立刻跑出了门，而老大爷和老大娘开始抱柴火烧火。我们坐在热乎乎的炕上暖了一会儿，就见年轻人已带了七八个小伙子回来。于是我们坐着一辆农用拖拉机上了路，到了公路上，我们的人帮着把车用绳索拴在拖拉机上，就这样把车拖到了村里。

大家进了屋，便闻到一股香味，原来大锅里已炖了满满的酸菜和猪肉，这让饥肠辘辘的我们大为感动。至今仍记得那一夜的雪花，坐在滚热的炕头上，看着外面朦胧的飞雪，竟觉得充满了温暖的情趣，浑然忘了刚才的寒冷。特别是那些乡亲们的笑脸，让人心里热乎乎的，就像面对自己的亲人。

越是严寒的时候，越能体会到温暖的可贵。其实只要心里温暖了，便会感觉到那每一片雪花，都蕴含着让我们怡然的种种。常听有人说，万千的雪花构成了冬季的寒，那是因为没有真正走进雪。去年冬末，和几个朋友去山上拍雪，在一个山谷里，便看到了震惊的一幕。只见高高的悬崖顶上，已堆积了很厚的雪，如墙耸立。忽然，那雪便轰然而下，一时间如瀑布纵贯，惊天动地。约一分钟后，积雪倾尽，我们却依然沉浸在那一泻的气势里。是的，所有雪花的积累，也会爆发出如此的辉煌，蕴含着如此的力量。人生之中的挫折磨难亦是如此，是一种沉重，也是一种积累。面对飞雪的瀑布，心中似也燃起熊熊的火焰，激情满怀。

我更愿意相信，每一片雪花都是冬季里那些不甘寒冷寂寞的心绪，都是那些充满温暖和希望的心灵在飘飞。忽然想起，在女儿学校的门前，那个卖冰糖葫芦的中年女人，在被车撞倒在地上的时候，头巾飘落，发上戴着一个雪花状的卡子。在飞舞的雪花中，那个发卡一下子就击中我心底最柔软的角落。

心的下面，脚的上面

（2009年江苏省宿迁市初中毕业暨升学考试语文试卷阅读题）

我曾经的邻居，是一个三十多岁的青年，没有成家，和母亲生活在一起。他没有工作，每天都拿着一把锋利的小刀做他的根雕。母亲的退休金根本无法维持正常的生活，便天天去捡破烂，稍有空闲，便扛上一把镐去城外刨树根，回来给儿子用。人们对她很不理解，三十多岁的男人，你养着他也就罢了，为什么还要费力地帮他不务正业呢？

久而久之，院子里堆满了母亲刨回来的树根，而他的根雕也渐渐地成型了。那时我常去他家，看着他吃力地雕刻着树根，在他的手上，伤痕纵横交错，记录着他为此付出的努力。我了解他的压力与烦恼，在看惯了别人的白眼冷遇后，他只能足不出户地与这些树根为伴。生活上的艰难，心境上的艰难，使他的脸上过早地有了沧桑。

我曾问过他："有那么多的困难与挫折，你却还是这样平静，你到底是怎么去面对的呢？"

他淡淡一笑，说："不管多大的困难，多深的打击，我都把它们放在心

的下面，脚的上面！”

我从胸口一直看到他的脚，问：“为什么要放在那里？”

他说：“再艰难的事，我都不会放在心上，而那些事我又只能承受，所以还要放在脚的上面！”

看着他的眼睛，我的心竟慢慢地濡湿了，是的，所有的艰难，他只能放在那里。后来，我离开了家乡的小城，去一个遥远的城市工作。走的时候，他依然在摆弄根雕，他的母亲依然在为了生活而奔波。

六年过去了，故乡的许多人事都已淡忘，包括那张满是风霜的脸。可是没想到，前几日在省电视台的一个专访节目中，我又见到了那张脸，依然是六年前的样子，不同的是那张脸上而今洋溢着自信的微笑。通过介绍，我才知道，他如今已经成名了，他的根雕艺术已得到了许多同行前辈的赞许。他的作品被送到国外展览，有两件作品还被国家博物馆收藏。如今，他以一个艺术家的身份出现在电视荧屏上，再一次给了我震撼。

主持人忽然问他一个问题：“你的艺术之路可谓艰辛无比，开始的时候也可能不为人所理解接受，面对这样那样的困难，你是怎样坚持下来的呢？”

他笑了笑，用手指了指自己的胸口，又指了指双脚，说：“很简单，所有的困难我都放在心的下面，脚的上面。因为，和那里相比，再大的困难也都是微不足道的了。而且，我不会让自己的心承受一些无谓的负荷！”

现场的观众掌声如潮。而在千里之外，在电视机前，看着高位截瘫、坐着轮椅的他，我的眼泪终于落下来。

围炉

（2015年山东省滕州市鲍沟中学学业水平试卷阅读题）

火炉已经渐渐成了传说，而在我的记忆中，它就像一个温暖的太阳，焐热了太多朴素的岁月，让那许多个冬天，都眷恋成心底感动的海，潮起潮落间，便不再觉得世事风寒，所有的希望都春暖花开。

冬季漫长，火炉便成了村庄的心脏，它不停歇地工作着，让所有的人热血沸腾。最初的火炉是用砖垒成，炉膛分上下两部分，上面是炉室，下面是灰室，中间用带条隙的厚铁板隔开。炉盖是一个个逐渐缩小的环形铁板组成，相互叠加，一根长长的铁皮烟筒在屋里几个转折，穿墙而出，是主要的散热部件。后来有人家用破了的铁皮水桶改造成火炉，效果更好，于是纷纷效仿，炉身散热便更多了。

没事的时候，都喜欢围炉而坐，我和姐姐们或看书或说笑，母亲则做着针线活，外面飘着大雪，室内却盈盈如春。特别是在晚上，天黑得早，那时经常停电，便点一根蜡烛，全家人坐在炉畔闲聊。父亲常给我们讲故事，我们沉浸在故事的情节里，烛影摇动，将每一个人的影子都放大，投射到墙上，有一

种厚重的亲切感。有时蜡烛燃尽，也不去理会，红红的火光透过炉盖的缝隙，映亮了每一张脸。随着火光的闪烁，四下里明暗变幻，那光亮直映入窗外呼啸的北风声中。

对于我们小孩子来说，最高兴的事，莫过于在滚热的炉盖上烙一些吃的东西。最常见的便是土豆片，切得薄薄的土豆片在炉盖上几个翻转，便已熟透，别有一种风味。或者将一些黄豆粒儿放在炉盖上，一会儿工夫便外皮迸裂，便不顾烫地扔进嘴里，酥脆无比。有时，姐姐们会将整只土豆埋进火炉下层的灰烬里，过得一些时刻，掏出，扒去焦黑的外皮，里面松软无比，满屋子都是淡甜的香气。童年中的我们，总能于火炉之畔找到许多的乐趣。

有一年去一个偏远的山村探亲，那时我已经在城里生活了二十年，有火炉的冬季再不曾来过。当我于风雪中推开房门，热气扑面而来，雪地当中一个火炉正红红火火地燃烧着，一下子击中我心底最柔软的角落，仿佛时光重叠，我于风雪之中回到家，炉火以不变的温暖迎接着我。火炉上烧着一壶水，正"滋滋"作响，一只黑猫蜷卧在不远处，眼前的种种，都是那么遥远的熟悉，心底濡湿，涌动着丰盈的感动。

那个晚上，我和亲戚一家人围坐在炉旁，说着多年前的旧事。红红的火苗伸缩着，将炉盖舔得红了脸，我的心也仿佛被轻轻地抚摸，无形的手指拨去岁月的沉冗，看到了童年的幸福。外面的风吹动着门板，窗玻璃上，美丽的霜花在与火炉的纠缠中慢慢成形。当年围坐在炉旁的亲人们，已星散各方，祖父早已故去，父母也垂垂老矣，只有这一炉红火，依然如过去般，那些流走的岁月，就如火光中闪烁的光阴，永远亮在心底最温暖处。

记起在上小学时，冬天教室中间便搭起一个大火炉，同学们从各家带来豆渣，整齐地码在后面的墙角下。每天清晨，男生们轮流早起来引燃炉火。课间时，我们就团团围在炉边，大声说笑，或从豆渣堆里捡拾一些遗留的黄豆，放在炉盖上烘烤。温馨而无忧的时光，随着火炉而消散。火炉是我们独有的记忆，独有的幸福，感谢那段贫穷而充实的时光，给了我一生的温暖。

多想再次与那些亲爱的人围炉而坐，说着温暖的话语，那样的时刻，心中的所有块垒都会消融，化作生命里最暖的感动，流淌着永远的幸福。

叶子下面

（2014年浙江省温岭市中考语文试卷阅读题）

故乡给我记忆最深的，就是那些树了。就那样站在每一户人家的周围，都是浓荫笼罩，整个村子，都隐藏在密密匝匝的绿色之中。那些杨树、榆树还有槐树，已不知生长了多少年，将虬枝横伸出来，如一支支有力的臂膀，呵护着一方的水土。

在那树影之下，是矮矮的屋檐，屋檐下，是曾经年轻的父母。干完了一天的农活，父亲坐在树下抽烟，那一点火光很快点亮了满天的星星。母亲却是在一旁洗衣服，仿佛有着洗不完的衣服，那个陈年的大木盆，那双手舞动其中，揉碎了满天的星光月色，揉走了那些美丽的年华，也把对家的一片挚爱，一点点地揉进了岁月之中。

那么多的日子，就在枝枝叶叶间悄然流走。那些人长大了，那些人却老了，走了。不变的，仿佛只有那些树，重复着年年岁岁的秋黄春绿。依然记得儿时，在漫漫的夜里，在母亲的怀抱里，听那些叶子沙沙地响，母亲会说："起风了，明早会凉！"或者在炎炎的烈日下，躲进那一处荫凉，看着母亲在没有阳光的树下依然挥汗如雨。

多少年过去，当我从那些树的包围中走出，走进钢筋水泥的都市，见惯了钢筋水泥般的无情与冰冷，却没有让心上生起层层的茧。我的心仍在保持着童年的温度，那不是一种软弱或脆弱，就像那些记忆中的树一般，不坚硬却坚韧，不棱角分明却充满生机。这是故乡所给我的传承，那些树就长在我的心里。

如今的家，上不依天下不着地，再没有了当年踏实的感觉。楼上楼下都有人在生息，心也如悬浮于半空，无依无着。家的周围很难看到一棵像样的树，那些被精心修剪过的，不是真正的树，它们不能恣意生长，只是一种景致，一种生命的畸形。忽然就怀念起高大树木中矮矮的屋檐来，那里所盛装的温暖与眷恋，这个家中永远都不会达到。那低矮的屋檐，在我的生命中，高出了摩天万仞的大厦，抵达了亲情的高度。

有一个夜里，母亲从遥远的家乡打来电话，只为了告诉我，她看了我所在城市的天气预报，明天降温，别忘了多穿衣服。那个寒冷的夜里，感觉到了久违的温暖。忽然觉得，现在的这个家，也是在一片树荫之中。而父亲母亲，就是那两株树，他们的臂膀如枝般横伸千里，依然为我挡风遮雨，给我呵护。他们的爱就如那些永不疲倦的叶子，风来时沙沙作响给我提醒，落雨时为我挡去大半，没有风雨的时候，便为我献上一份清凉。安睡在他们的臂膀之中，无烦无忧，好人好梦。

是的，不管十年百年，无论千里万里，我的家都永远在那些叶子底下，在那份爱的温暖之中。生命中亲情的树永远站立，于是有了力量，有了希望，有了无尽的感恩与感谢。

眼泪这么近，背影那么远

（2015年吉林省德惠市中考语文试卷阅读题）

第一次在众多人面前痛哭失声，是在多年以后，我作为一名实习教师在听别的老师讲课的时候。当时那个老教师讲的是朱自清的《背影》，听着听着，我竟失控地哭出声来，惹得全班四十多个学生都惊愕地看着我。

我想起的是娘，是记事时就知道有着一头白发的娘。娘不是我的亲生母亲，我的父母生了我，却没有养育我。娘是村里出了名的傻女人，那是真正的傻，整天胡言乱语，连生活甚至都无法自理。据说，是她给母亲接生的，她抱着我的那一刻，竟是平静得出奇。她的脸上流露出一种母性的光晕，却是大颗大颗地掉着眼泪。母亲生下我一个多月后，便被公安人员从那个山村带走，从此和父亲开始了漫长的刑期。而我，就成了娘的孩子，那一年，娘四十三岁。

当时村里人都认为娘是养不活我的，那么傻的一个女人，连自己都照顾不了，更别说伺候一个刚满月的孩子了。可是，村里人终于从震惊中明白，有我在身边的日子，娘是正常而清醒的。她能熟练地把小米粥煮得稀烂，慢慢地喂进我的嘴里；她能像所有母亲那样，把最细腻的情怀和爱倾注在我的身上。人们有时会惊叹，说我也许就是上天赐给她的良药。

娘来到这个村子的时候就是现在的精神状态，从此便在这里停留下来，为人们提供茶余饭后百聊不厌的话题。就是在这样的环境之中，我竟也顺风顺水地长大起来，而且比别人家的孩子都结实。从记事起，最常见的就是娘的白发和泪眼。听别人说，娘以前从没掉过眼泪，自从有了我，便整天地抹泪。我也是很早就知道娘和别人家孩子的妈妈不一样，她不能和我说话，更多的时候，她都是一个人自言自语，也听不懂说些什么。她没有最慈祥的笑容，有的只是无穷无尽的泪水。我甚至感受不到她的关爱，除了一日三餐，别的什么都不管我，任我像放羊一样在野甸子里疯玩儿。正因为如此，我变得越来越不羁和放纵。

上学以后，我并没有受到什么白眼冷遇。这里的民风淳朴，没人嘲笑我，就连那些最淘气的孩子也会主动来找我玩儿，不在乎我有一个傻傻的娘。事实上，自从有了我之后，除了每日的自说自话和流泪，娘几乎没有不正常的地方了。印象中娘只打过我两次，打得都极狠极重。第一次是我下河游泳，村西有一条清清亮亮的小河，村里的孩子夏天时都去水里扑腾，我当然也去。从不管我的娘突然跳入水里，把我揪了上来，折了一根柳条就没命地抽在我身上，打出了一道道的血痕。我那时一点儿也不记恨她，只是不明白，我爬上高高的树顶去摘野果她不管我，我攀上西山最陡峭的悬崖她不管我，我拿着石头和邻村的小孩打得头破血流她不管我，只在那么浅的河里游泳，她却这样狠打。

还有一次，那时我已在镇上读初中了。有一天她到学校给我送粮，正遇见我在校门前和一个女生说笑。当时她扔了肩上的粮袋，疯了一般冲过来打我，把我的鼻子都打出了血。我虽然不明所以，可依然不恨她。那时我已能想懂很多事，也从别人口中知道了自己的身世。这样的一个女人，能把我拉扯

大，供我上学，所付出的，比别人要多千百倍。我感激我的娘，虽然我难和她交流，可是我已经能体会到那份爱了。而且，天下的母亲哪有不打孩子的，况且她只打了我两次！

要说娘有让我反感的地方，就是她的眼泪了。不管什么时候什么地方，只要一见到我就哭，这让我从心里不舒服。别人家的孩子一个月回一次家，当妈的都是乐得合不拢嘴，而我的娘，迎接我的永远只有泪眼。有时我问她："娘，你怎么一见我就哭啊，不如当初你不养我了！"那样的时刻，她依然流泪不止，说不出一句话来。娘对我从没有过亲昵的举动，至少从记事起就不曾有过。她很少抱我，连拉我手的时候都没有。这许多许多，想着想着便也不去想了，娘不是一个正常的人，为什么和她计较这些呢！

在镇上上学，娘每月给我送一次口粮。她把时间拿捏得极准，总是在周六的下午一点钟准时来到学校门口，而那时我正等在那里。她把肩上的粮袋往地上一放，看上我一眼，转身就走。我常常怔怔地看着她的背影发呆，那背影渐行渐远，她间或抬袖抹一下眼睛，轻风吹动她乱蓬蓬的白发。每一次我都看着娘的背影消失在街道的拐角处，不期然间，那背影竟渐渐走进我的梦里。

考进县城一中后，娘来的次数便少了，变成了几个月一次。主要是为了给我送钱，娘自己是很难赚到钱的，那些钱，包括我的学费什么的，都是村里人接济的。那些善良的人们，自从我进入那个家门，他们就没有间断过对我们的帮助。高三上学期的一天，刚经历了一次考试，我和一个住校的女同学一边往宿舍走一边讨论着试题。到宿舍门前时，竟发现娘站在那里，风尘仆仆的样子，三十里的路，她一定又是徒步走来的。她看到我还有我的女同学，愣了一下，猛地冲过来，高高扬起手，停了一会儿，慢慢地落在我的脸上，轻轻地抚摸了一下，那一刻，我的心底涌起一种巨大的感动。她从怀里掏出一卷钱塞进我的口袋里，又看了我一会儿，眼角渗出泪来，然后便转身走了。我转头对那个女同学说："这是我娘……"

那竟是我和娘最后一次见面，她在一个月后的一天夜里，静静地离开了这个世界，这一年，她六十二岁。我常想起最后一次见到娘时的情形，她用最温暖轻柔的一个抚摸，把她的今生定格在我的生命里。我考上师范的时候，回村里迁户口，乡亲们为我集了不少钱，并在小学校里摆了几桌饭，为我送行。席间，老村主任对我讲起了娘的过去，这是我第一次听到娘的来路。老村主任说，娘原本是邻乡一个村子的村民，丈夫死于煤井中，她拉扯着一个儿子艰难地生活，就像当初养活我一样。她的儿子上了中学后，由于早恋，成绩越来越差，任她怎么管教也无济于事。到最后，她也就不去管了，可是后来，和儿子谈恋爱的那个女生感情转移，儿子也因此退了学，整日精神恍惚。她本来觉得时间一长就好了，可是终于有一天，这个孩子投进了村南的河里，淹死了。从那以后，她就变得疯疯癫癫，家也不要了，开始了走村串屯乞丐一般的生活。直到到了这个村子，她竟在这里安下身来。

那一刻，忽然就记起了娘打我的那两次，心中顿时恍然。就觉得曾被娘打过的地方，又开始疼起来，直疼到心里，我的眼泪落下来。以后的生活中，对娘的思念已成了一种习惯，常常于不觉中满眼泪水。我在每一条路上观望，蒙眬的目光中再也寻不见那个蹒跚的背影。娘当初的泪水如今都汇集到我的眼中，而那背影已是远到隔世。我最亲的娘，她的眼泪与背影，竟成了我今生今世永远都化不开的心痛。

时间会把幸福还给你

（2014年安徽省安庆市中考试卷阅读题）

人的一生中，总会有些东西被时间的长河所带走，就像那些生生灭灭的浪花，美丽着的都在不停地消逝。可是，时间也会回赠给我们许多美好，除了那些随波而来的希望和憧憬，便是那些远去的，回望，亦是美意盈怀。

身处苦难之中，总会感叹命运，怨命运夺走了太多的幸福。可是再长久的痛苦，也终有过去之时。有时这成为我们走过艰难的精神力量，一切都会过去，再沉重的生活也不会拖累时间的脚步。感谢时间，总能把折磨我们的种种送远。更奇妙的是，当我们走过痛苦，再回头去望，那些曾经的挫折伤痕，都会有一种幸福的感觉。有人说，那是因为我们超越了痛苦而回头去欣赏痛苦，其实，被命运剥夺的幸福，都被寄存在时光里，在某个心静如云的时刻，给我们一份不期然的感动。

可是，在这个世界上，也真的有人潦倒到老，也真的有人终生不乐。是时间将他遗忘，还是他们的苦难超越了人生的长度？时间不会把任何一个人遗弃，之所以郁郁终生，是因为在风尘磨难中，有人让心里枯了希望的泉。有的人在世事风尘中，在挫折打击中，让心上起了厚厚的茧，于是淡了痛苦的感觉。那不是坚强，是麻木，一颗麻木没有希望的心，感受不到痛苦，同样也感受不到幸福。幸福一直在时光里，是我们的心把它拒之门外。

甚至有的人会在痛苦之中找寻出幸福。而我们却常常嘲笑他们，笑他们心大，笑他们只会自我安慰。其实可笑的恰恰是我们，没有人愿意在痛苦中长久地挣扎沉沦。即使再黯淡的日子，也会有闪亮的时刻，让眼中充满色彩。抬头看云，低头见花，只要心一直柔软如初，便会于身边发现让我们幸福的种种。哪怕只有点点滴滴，也能汇成清亮的溪流，浸润生命。如此，才能让心不疲惫，才能有力量走得更远。所以，有时，幸福并不一定全都存在于时间的彼岸，它或许就在我们低头的瞬间。

所以不要放弃心里的希望，希望就如一片土壤，能生长出许多美好。也不必为今天的苦与痛而伤感失落，当时间走过，心灵的空地上便会开满花朵。所以，且把痛苦当成幸福的种子，在未来的某一天，便会将生命丰盈得灿烂无比。

第2辑
梳齿间的细光阴

我们喜欢在独自的时候，静静地坐在角落里，看外面的风云变幻，守着岁月的流逝。眼中心底全是恬然，我们在角落里，不散发光芒，却拥抱着宁静。或许这也是一种境界，不是避世的超然，也非消极的等待，只是一种灵魂的憩息，或是一种生命的升华。

流年谁染南园

那个园子在老宅的院南，老宅在故土，故土在千里之外。二十多年的光阴，被回忆挤压得薄如一扇玻璃窗，看得见那一片蔬绿花红，却无法再去碰触，一如无法再去碰触那些圣洁遥远的年华。

园子不大，其间土埂纵横，割划出多年以后心中无法消散的印痕。一围矮墙，墙头上是用秫秸扎成的栅子，便笼住了一园葱茏，也将那些觅食的家禽隔在外面。常常于春日的清晨，凝神于霞光中的园子，那些浅浅深深的绿，中间是母亲年轻的身影。那些绿，有了母亲，便光彩重生，就像大地有了朝阳。那时的母亲，腰身挺拔，发黑如染。而如今，却如秋日园中的向日葵，深深地弯下腰去，亦如见缝而生的蒲公英，白了头。

最南边的围墙旁，有两棵杨树，而靠近院子的一侧，却是一株甜杏。春来无迹，却在绿杨叶畔，在杏花枝头，映着吐苗的青蔬，于是春色满园。那杏树，是早夭的姐姐亲手植下，那白杨，是已故祖父年轻时的无心之荫。白杨底下，还埋葬着祖父的那匹白马。而园子中间，亦是长眠着我家那只活了十四年的花狗。卷卷之间，满园念念情深，于是花更红，树更绿，日子更柔软。

在那些难忘的夏日里，墙上的栅尖上，便盈盈立了几只红绿蜻蜓，薄薄的翼翅上载着阳光。园里果蔬的花儿间，穿梭着蝴蝶和蜜蜂。那时，经常隔着矮墙，与邻家的小妹说话，或者给她捉蝴蝶，她的眼睛里，盛满了夏天的缤纷。邻家小妹酷似曾经的妹妹，而妹妹的目光，在那杏树的每一片叶子间，如暖阳轻轻洒落。

曾经和妹妹在园子里摘那些黄了的菇茑，轻抚那些嫩嫩的小黄瓜，或者在秋日，把金灿灿的玉米棒子垒成墙，看那些老鼠偷偷地从洞里溜出来。亦曾在两棵白杨的树干上，系了绳子，我们在简单的秋千上，让满园的花树时远时近。这个园子里，每一处，都印过妹妹的足迹，每一处，都曾被妹妹清澈的目光抚摸过。

在那些夏夜里，敞着窗，或长风流淌，满园的瓜菜于起伏间暗香浮动，或有月如盘，树影临窗。于是在那些香影的怀抱中沉睡，梦里也是一片芬芳。离乡之后，再也没有那样沉酣的梦境，有的只是醒来时的午夜，枕畔凄清如水的月光。

喜欢看秋天的时候，园中蔬菜已经寥落，可是麻雀们却活跃起来。它们成群地落在地上，啄食着那些残留的草籽。人一近，便呼啦啦飞走，集在两棵高高的杨树上。那时还不知，这些静美的日子，也终会如鸟般飞走，只是不再回来。往事如鸟乱飞，撞得心底疼痛中带着甜蜜。

童年的园子，在流年中，在回望里，绚烂缤纷，点染着它的，是岁月，是心绪，抑或是沧桑游走中渐渐荒芜的心境。那园子，千里之外依旧变幻着秋黄春绿，一年年的轮回，一季季的相思，永远系着生命中眷恋着的方向。

静默的尘埃

有时候，我很喜欢用目光去抚摸一些事物上薄积的尘埃，就像轻抚时光的壁障，心绪一不小心就会融入，然后重逢许多逝去的美好。

有一年回老家，走进久不开启的老仓房里，阳光从半开的木门溜进来，经年的尘埃便飞舞成岁月的味道。我脚步轻轻，怕惊起许多栖息着的往事。那些久远的物件，堆放在角落，沉睡在沉默里，尘埃是岁月给它们盖的一层被子，保留着过往的温度。梁上悬着废弃的蛛网，沾满了宁静与寂寞。

我的脚步踩痛着岁月的痕迹，延伸向记忆深处。在最里面的角落，我看到一只小木箱，依然尘封。在微光之下，上面似有隐隐字迹，细细辨认，竟是“谁也不许打开”，稚拙的字写在尘埃上，又被尘埃渐渐湮没。忽然想起，那是我小学时的所有日记，当初装在这个箱子里，藏起，过了一段时间不放心，又在箱上写下这些字。现在想来，莞然成笑。轻轻打开箱子，尘埃弥漫，一如隔着太多的日月流年，模糊着许多回忆。

翻看那些日记，如水光阴漫过心上，才发现，那些一直认为蒙尘的，依然在时光的那一头闪亮，而那些轻轻的尘，仿佛所有的感动，正在把那些过去的种种封存发酵，悄悄酿成一种只自知的幸福。

当年在故乡的小城，住在平房，院门旁安了个小小的信箱。当写信的年代逐渐远去，曾经装满希望的信箱便闲置在那里。有时候，我会打开它，里面只有细细的尘埃静静铺陈，于是心里满是空空的失落。可是多年以后回想，那些尘埃竟也充满着温情，仿佛所有火热的昨日都已蕴敛成微尘，沉默在生命深处，藏着我所有的怀念与眷恋。

空气中积着我们难见的尘埃，才会有蓝天盈然，而脚下的土地，该是积了多少亿年的尘埃，才形成如此的厚重。所以，我们称我们所在的世界为尘世，而我们每一个平凡的人，也都有着一颗尘心，那不是卑微，也不是肮脏，而是最接近生命本真的纯朴。就像每一片雪花都有一颗尘埃在中间，一颗尘埃造就了一片轻盈的美，一如我们的每一颗尘心，造就了生活的美丽。

所以，我依然喜欢流连于尘封的事物，依然喜欢用心去碰触那些静默的尘埃，我知道那些尘埃的下面，有着依然鲜活的种种，等着给我一份不期然的惊喜。

家乡在望时

三十多年前，一个小男孩在无边的田野里奔跑，穿过一片又一片高高的玉米地，眼前都是陌生的一切。不知跑了多久，当太阳低到远处的草尖，再次冲出一片玉米地，一条小河静静地流淌。河对面，熟悉的村庄正笼罩在斜阳炊烟里。那一刻，他坐在河边，放声痛哭。

十多年前，当我再次坐在熟悉的河边，对岸依然是生长过我许多梦的地方。泪落进脚下的泥土里，惊起许多深埋的过往。那个目光抚摸着的村庄，有一种熟悉，也有一种陌生。竟是不敢走近，我怕人物皆非的故土，会让我从此找不到思念的地方。我宁肯隔河而望，就像很近地凝眸那么眷恋的一个梦。

记得大学时假期回家，并不遥远的城市，只隔着一个省，同在东北。可是，当那片土地越来越近，当火车慢慢驶近自己的城市，依然有着一种巨大的亲切感扑面而来。一样的阳光土地，却是有着不一样的心境。离家乡近了，心便欣然中透着渴望，和微微地忧惧，那种心情说不清来处，仿佛就潜伏在生命里，只在久别重逢的时刻才破土而出。

有一年从更远的地方归来，几乎横跨整个中国，当经过不同的土地，当听过不同的乡音，心如在陌生的海中浮沉。可是，当一出山海关，当熟悉的方言将我围绕，便仿佛隔着车窗闻到了黑土地的味道。其实，我并没有离开多久，可是心里却是那么浓重的乡情。原来走得越远，便会把家乡的范围扩得越大。就像这一次，我一到山海关，就有了当初在田野里迷路后隔河看到那个小村庄时的心情。

后来认识一个在国外旅居多年的老人，归来时已经时光流转，故乡早已消散在大地上。可是他依然寻了去，凭着几十年前的记忆，他越走越近。每走近一步，便踏进一段岁月的沉迷。他说那是真正的近乡情怯，后来就慢慢地释然，他说，只要故土还在，他的思念，他的梦，就都会有归宿。

也许我们接近的，已不再是那个单纯的地方，更是自己内心中深藏的一种情感。走在空间的洇染里，也走在时间的漫溯中，于是心底那些从不可碰触的，此刻悄悄地开满了疼痛与甜蜜。可是有一种近乡却是毫无来处，或者说，找不到具体的思念源头，那又该是怎样的一种心绪？

有个同学曾给我讲，她第一次从极遥远处归来，越是接近成长的地方，心里越是惶恐，那不是人人都有的那种些微的怯意，而是从生命深处漫上来的无依。她找不到自己的家，在这个城市里。她生长生活过的地方，不是家，那个有着围墙的大院里，都是无家可归的孤儿。她最初的脚步，没有踏过那种柔软的牵念，仿佛只有冷冷的墙，和别人异样的目光。在远方也有思念，思念这个城市，可是一接近这个城市，所有的思念都变成了无根的云，孕着不期然的雨。

后来，她再度归来，心里却是有了暖意，也有了那种怕且盼的渴望。她说，总有一个地方是开始，总有一些人可以称为亲人，虽然不一定是出生之地，虽然不一定有血缘关系。既如此，就是家乡，就是归处，就是心的依托。所以，以后的每一次回来，在接近家乡的时候，她的心儿都温柔得像要滴出水来。

不想离开，可是却喜欢离开后的归来，喜欢家乡在望时，心中柔软地开满了花朵。

飞过天空的痕迹

我曾在深秋的土墙边，仔细地看南园里那些落了一地的麻雀。园里一片零乱，各种蔬菜只余瑟瑟的枝茎，麻雀们就穿行于其中，去啄食那些遗落在地上的菜籽儿。它们蹦跳着在走，走得极快，两条细细的腿就像弹簧般，与大地几次碰撞，就把它们弹射到想去的地方。在秋天的风里，它们就这样走着，于是身上的羽毛渐渐地沾染上了泥土的深色，准备走向一个冬天。

走进南园，麻雀们轰然而散，然后都集于高高的树上，就像驱不散的寂寞。在那些细细的泥土间，能看到它们蹦起时留下的细细足痕，然后被长长的风儿抚平，似乎只在心间余下一点点的印迹。

与麻雀相比，很少能看见燕子落在地上，或者在地上行走。它们更喜欢天空，翅上摇着风声，载着阳光，去追逐一缕看不见的温暖。春天的时候，我看见了燕子的步行，它们不蹦跳，它们迈着细小的步子，蹒跚在河边的软泥处，爪痕杂然。待它们筑完了巢，补全了冬天的缺失，便很少再落在地上。有时候，它们会在房顶的草上慢慢踱步，俯视着院子里的喧闹。

后来，在城里，邻家养鸽子，鸽子比燕雀要大得多，步子大得多，而且也更多姿。它们每天的飞翔都是有时有晌，更多的时候是在院里或房顶散步。它们可以很优雅地慢行，也能为争食而不顾一切地冲锋，甚至雄鸽在追求某只雌鸽时，它会绕着雌鸽不停地转圈，脚步轻盈如舞步，以取悦对方。

冬天的时候，院子里一层薄雪，鸽子们的脚印便交错成一幅看不懂的画。有时会在其中发现更小的爪印，那是麻雀混杂其中抢夺鸽子的食物。我喜欢麻雀，它们的身影点染着一年四季，从不离开这片土地，不管饥饿还是寒冷，它们都不走。它们除了在雪地上独特地行走，留下些断断续续的遐想，还会在高处欢娱，细细的腿支撑北风中不灭的温暖。

窗外有一棵树，一根枝正横在近前，上面积了层茸茸的雪。每天早晨，当太阳融尽窗上的霜花，有两只麻雀便会如约而来。它们就站在横枝上，披着厚厚的袄，被朝霞染成两朵灵动，在风里轻轻地摇曳。然后，它们开始互相挨蹭着嬉戏，脚不离枝地横向移动，便有碎碎的雪在阳光下飘舞成淡薄的雾。在某个时刻，它们倏然而飞，留下那根枝颤动良久。上面的爪痕细碎，记录着两只鸟儿走过。

鸟儿们飞在天上，依然能在大地上留下脚印，而我们行走在大地上，常常回首看不到一个足痕，而心儿却总是飞得很高，依然不能在天空中印上梦想的痕迹。我常想起泥泞里燕子的脚印，想起冬天里麻雀的脚印，我们缺少踏实的努力，也缺少在寒冷际遇里的欢乐，所以，我们追不上鸟儿的翅膀，也追不上鸟儿的脚步。

人书俱老

这四个字似乎有一种魔力，常让我因错就错地想到一些很远的境界中去。我知道这里的“书”指的是书法，而“人书俱老”也是孙过庭在《书谱》中描述的学习书法的一种境界。可是更多的时候，我还是愿意把这个“书”当成书卷，因为对于许多人来说，书更是长久的陪伴，一直陪伴到白头。

我少年时，刚爱上读书的那段时间，发现了家里有几个箱子，里面全是书。当时的兴奋，就像阿拉丁遇见了神灯，仿佛那些书能给我所有想要的。箱子里的书很繁杂，都很古老，有些甚至还是繁体字竖版线装。起初我只是挑自己感兴趣的，后来当把有意思的都看尽了后，便去看那些觉得很深奥甚至无味的。时间长了，竟也能看进去。

后来多次搬家，那些书丢失了一部分，而有一些我喜爱的，则一直保存着，直到今天。那是父亲当年的藏书，不知它们静默了多少岁月，却知它们已陪伴着父亲一起老了。如今父亲已故去，那几本书却还在，还在我的书柜里守着静静的光阴。这些书虽然表面上已经满是沧桑的印迹，可它们还是不老的吧，它们陪伴过父亲的一生，可能也会在互相的凝望中送走我的一生。而遗失的那些，我愿意相信它们已随父亲而去，尘土相依。

记得曾经看过一个故事，其中有两个人的对话给我印象颇深。两个人都喜爱读书，一个说："幸好我没读成书呆子！"而另一个却说："幸好我读成了书呆子！"其实，我从没想过，与书相关的，也能出现许多的贬义词。"书呆子"就是代表，而"书痴"则在程度上弱了一些，不过依然暗含讽刺。更文雅些的，就是"皓首穷经"一词。这个词本来是褒义，出自韩愈的《赠易卜崔江处士》："白首穷经通秘义，青山养老度危时。"这里分明是一种赞同和自励，可是传到后世，此词却多被用在"百无一用是书生"的语境中，也分明是一种可悲。

皓首而穷经，是真正达到了人书俱老的境界。或者可以说，书是无穷的，生命却是短暂，那么老的难道只是人？其实书也会老，不过相对于人来说，书的生命更漫长，越老有时越能给人以启迪。书老了，就成了旧书，都说"旧书不厌百回读"，那说明它的价值并没有随时光流逝而消减。而对于与书伴老的人来说，他们老于书卷间，老于对书的感悟中，而那种自己内心的东西，却是无法与人分说，别人也只能于他们读过的书中去感知他们的怡然与超然。所以，书就这样一代代传下来，读书人也一代代地不倦地阅读。

想起曾经认识的一个老者，他也是一室藏书，一生读书。而在别人的眼中，他很平凡，甚至平庸，除了书，所得甚少，碌碌而茫然。可是他却不在意，仿佛书卷间流淌的岁月可以滤去一切别人的白眼，洗净尘世里太多的非议。就像他曾说过的："能做一辈子自己喜欢的事，本身就是一种成功，我愿意看一辈子书，那是我心里的满足，所以别人不会了解我的不后悔。"

与书同老的人，他们也许并不是刻意想去从书里得到什么，也许只是一种热爱，一种对生命的寄托。并没有对与错，也没有得与失的纠缠，更没有"为什么看书"那种深刻的思考。如果要回答，就类似于当年那个登山运动员

所说，为什么读书，因为喜欢，因为书在那里。简单才会长久，不一定是境界，却一定是真实。

所以，我的那些书，只要我在，它们就会在。可能我不会因书而呆而痴，可是那份热爱却不会改变。与书同老，是我追求的情怀，所以不会后悔。

日落纱窗

太阳已经惊飞了西边树林里栖着的鸟儿，牛羊归来的蹄声也敲响了炊烟的守候，于是窗后的我便与窗台上的鸡相望，隔着薄薄的纱。这是许多年前的情景，岁月也像隔着层纱，所有的过往看得分明，却被切划得琐琐碎碎。

那时的纱窗，是极为简陋的，甚至并不能称之为纱。似乎就是用极细的渔网改成，以前网住游鱼，却网不住水，如今隔断蚊虫，却隔不断风月斜阳。现在想来，黄昏独坐窗后，并没有什么花影摇香，也没有什么风情月恨，隔着纱窗，只看到一角夕阳，一地鸟雀，或一只慵懒的鸡。

纱窗也并没有五彩缤纷，或者是在风雨之中褪回了最初的颜色，除了落日将它镀红，长夜把它染黑，它只是默默地守着一方天地的狭小与广阔，纵横的丝线切割着思绪，也切割着日月晨昏。曾经在傍晚时，细细地看着那些扑落在纱窗上的蚊蝇，看它们透明的翅载着晚照，看它们细细的腿攀附着细细的丝，看它们的渴望。看得久了，竟是分不清，是它们被囚在外面，还是我被囚在里面。

挂在檐角的夕阳已经被长风吹得越发倾斜，一方变了形的窗影投在屋里的墙上，在那红红的光影里，看不到纱窗，也看不到上面努力着的蚊蝇。就像多年以后的我，看得见曾经的黄昏，却已看不清曾经那些细微的心事。檐下燕子的呢喃，透过纱窗无数的细孔，和斜阳一起溜进来，于是墙上的那方窗影也生动起来。渐渐满室昏暗，纱窗沉默，蚊虫亦寂然。

其实，在我的回忆里，那些有纱窗的黄昏也并不全是如此沉寂，还有着让我流连的喧嚣。南园里的老杨树上，麻雀们吵闹着每一片绿叶，散步归来的鸭鹅高吟低笑，间杂着花狗的一两声抗议，猪们的饥饿嘶吼带着一种质感穿透众音，这些嘈杂，夕阳融化不了，纱窗也阻挡不住。于是小窗就容纳了所有的人间烟火，窗纱也散发着尘世的暖意；于是窗里那张静默的脸也柔和起来，眼中漾着最朴素的热爱。

当时光送走最初的成长，当凡尘间的小小村落已化作遥远处的一粒尘埃，有时候我依然会倚着窗，会迎着斜阳，眼前也会隔着一层纱，那些纱更是精美，纱窗外也有了摇香的花儿，有了山形亭影，而心里也有了百般思绪，于是，静默依旧，却没有了恬然与无忧。

依然会眷恋过去的纱窗落日，虽无金屋，却是一样的黄昏，不会有寂寞，不会有泪痕，梨花满地，我依然愿意时时去打开那扇尘世之门。是的，我愿意在尘埃飞舞中，在纱窗的细细密密之间，去捕捉每一线斜阳的温婉与多情。

听水轻唱

那是一种能将耳朵洗净的声音。它甚至不会消散于流年里，总在某个寂寂的夜，飞过时间和空间的阻隔，悄悄潜入梦里的温暖。或许每个人的心里都流淌着一条河，曾经的人歌人哭散尽，只余那潺潺之音，伴着岁月的芬芳，洗去一路上的风尘。

儿时清澈的欢乐，是每个人念念回首间的家园。总会有一条小小的河流，每天淌过你的眼睛，就像那些沉默的岁月，当河流多年以后淌过心上，所有曾经的沉默都成为水声的背景。是谁在记忆里轻唱，是母亲低低的摇篮曲，是村外的小河永不停歇的歌声。在无眠的晚上，似乎能辨出每一朵浪花开谢之间的音符，乘着夜的翅膀，化作无数的精灵飞舞成梦里幸福的形状。

岁月如河，当告别成长的故乡，我们只能在心极静之时，去听岁月的歌声。就像在独居的娴静时刻，听拧不紧的水龙头的点滴之音，每一下都落于心湖之中，每一声都漾起无边涟漪。仿若时光轻轻的足音，悄悄惊起无尽的美好。

即使辗转于尘世的劳碌之中，偶然的水声也会让我们尘俗顿忘。入山深处，忽闻水声，那声音掠过层层林木，拾起几串鸟鸣，就这样进入耳朵。行到近前，但见水光悠悠、澄澈流碧，此时看山看树，却是另一番情趣，水声又洗亮了眼睛。于是默然而立，足下缓缓走着的波纹，便送走了太多的烦忧，这一刻，水声还洗净了心灵。

或者，于落寞时静听另一种水声。守着一扇窗儿，听雨，雨是飞翔的水，它们落在花儿上，落在叶儿上，落在心里。如果说，河流的声音是水与水之间的碰撞，那么雨声，就是水与万物的合唱。如此便演绎出太多的思绪，落芭蕉而思离愁，滴小池便涨乡情，弹瓦键则生寂寥。不同于瀑布的激昂，长久入心的，依然会是那种低低的吟唱。

水声是不连贯的，破破碎碎、断断续续，却有着一种直入心灵的节奏。也许是我们静听的心情，将之连缀成一曲天籁，浑然又怡然。那就像那些琐碎的日子，走过时，只有些许点滴片段在心底，可是在回望的眸中，岁月却是如歌般消弭了所有的空白。

喜欢自然的水声，是不经雕琢的声线，携着淡淡的风月，总会给我不期然的感动。就像我们心里住着的那条河，就像心里住着的故乡，不管河流改道他乡，不管故乡在烟尘之外，那些童年的水声一直在生命里荡漾，荡漾成永远的眷恋。

是的，听水轻唱，是最幸福的时刻吧。所以，记忆里的河流一直在。

你在那里，你不沉默。我在遥远，依然聆听。

曾经的小小院落

（2016年苏教版春期末调研考试七年级语文试题）

故事里的深宅大院并不是我的向往之所，总觉得那更像一种困囿，虽人口众多，虽有花园亭台，却是寂寞无比。我更喜欢小小的院落，哪怕并不精致，也会让灵魂自由地憩息。

家在乡下时，院子也并不大，却是热闹无比。前后都有菜园，园里的果蔬点染着大半年的时光。矮矮的土墙就像大地站了起来，便围住了一方欢乐。禽畜怡然，精力过剩的鸡们飞上飞下，优雅的鹅迈着沉稳的步子，幽默的鸭子浅笑着踱来踱去，花狗慵懒地卧在门后打着呵欠，那头尖嘴竖耳的白猪，正在孜孜不倦地把墙角的土地拱出一个大坑。我走过它们身边，它们继续着自己的事，并不理我。只有檐下的燕子倏然来去，翅间流过的风带着一缕房草的味道。

那个院子里，还有着我年轻的亲人们，那些笑脸还没有在岁月中流散。我的心里还是那样无忧的欢乐，眼睛里还没有一点尘世的沧桑印迹，见到的，都是最圣洁而美好的种种。

然后，十四岁时，一阵五月的风便把这一切吹得遥远。刚搬进县城的那几年，一直租住在大院里的一所房子，来来往往的陌生人，心里总是无着无依。后来终于在城市西边买了一个小小的平房，带着一个小小的院落。真的是很小，小到蝴蝶只扇动一次翅膀，便会逾墙而过。很是欣喜，不管多小，只要是自己的，便能将心灵安放。

母亲在院子里栽种了许多花，只留一条从院门到房门的小径，于是出来进去都会染一身清香。一到有月亮的晚上，小院里便花影幢幢，站在那里，身前身后都是流动的美好。房后是更小的地方，有两棵樱桃树，北窗无缘阳光，却接连着有花、有叶、有果实的美丽莅临，使得那一扇小窗也绮丽多姿。

现在想来，那个城市边缘的小小院落，也是我眷恋着的所在。它再小，也能容一庭风月，也能溢满清澈的笑声。

后来，走得越远，便也离记忆越远。住在城市的小区里，不管是门前的空地，还是小区里的园林，都很难再当成院子。曾经的院落，虽无梨花映着溶溶月色，虽无秋千荡着阳光，可是，却是我生命中最流连的所在，有着不为人知的茅檐斜阳，有着不变的花开花谢。在城市的喧嚣中，总是找不到一种归属感，总有无可排遣的失落。

曾经小小的院落，轻易地离开，却再也回不去。总是走过许多的尘世风雨，才会更留恋小小庭院中的四季流转，留恋不再重来的情暖情长。小院已成为我心底最纯净的所在，仿佛灵魂的后花园，徜徉着一个最真实、最无忧的我。

如果此生还能拥有一个小小的院子，有花草，有风月，有闲情，那么，世间的沧桑便全化作柔软的背景。我会在那里微笑，会在那里神飞，会在那里老去。

往事盈怀

天下和美人非我安坐而能拥有，也非我心中所思所想，游走于烟火尘世间，那些寻常事物平凡点滴，都能入心入怀，让我坐拥而笑，笑而眠，眠而梦，梦醒而怡然。仿佛那些生动的片段，如雪花翔集于眼前心上，总能给我一份长久的感动。

会在晴好的春日，于无风处，或高墙下，或薄薄的树荫里，或淡淡的草色中，席地而坐，满怀暖阳。那样的时刻，时光都散发着芬芳，流风流云走过眼睛，留下暖暖的印痕。有时候会想，我们对于阳光已经淡然漠然，即使黑夜笼罩，也不会怀念阳光。反而是在盛夏里，对骄阳有着一份厌烦。如果能在心儿静静的时候，坐拥一怀阳光，便不会再对阳光熟视无睹，会给你永远的亮与暖。

总会记起儿时的乡下，当朝阳驱赶着黑夜走进夏天深处，躺在土炕上的我也被鸟鸣从梦里拉出来。睁开眼睛，除了扑落在窗上的阳光，就是那些鸟儿在庭树间的啼鸣。便坐在炕上，对着敞开的窗，盈怀的，便是那些精灵的歌

唱，它们把我从迷梦里带到一个明媚的世界中。而如今的每个清晨，叫醒我的，却是手机的闹铃，那声音即使模拟得再优美，也会给我一种猝然的惊慌。

也总是想起，在烈日下农田里曾挥汗如雨的乡亲，当纵横的田垄在我的目光里交错成眷恋的图案，人们便来到地头的树荫下，他们坐在那里，他们用目光抚过一辈辈劳作过的土地。长风徐来，他们敞开衣襟，把那些风儿拥在怀里。树叶间漏下的点点斑斑的阳光，如岁月的脚步在轻轻移动。于是，那一辈人就这样老了，于是，我们这一辈人离开了那片土地。

后来，我常常在闲时坐在一把很旧的椅子上，也会捧着一本很旧的书，细细地看。时光就在书页的翻开间停驻，也停留在心上，于是日已夕暮，仍浑然不觉。行走在别人的故事里，感动着自己的心绪，拥书而坐，流年的匆匆都小憩于一朵浅浅的涟漪里。有时候会不自觉地睡着了，书就落在怀间，仿佛梦里也氤氲着书香。喜欢那样的时刻，无争无恼，心儿纯净得像童年的天空。

而让我心生感慨、却又觉得静美的时刻，就是看着一个老人坐在夕阳下，白发闪着细密的光彩。他望向遥远，就像望穿了一生的时光，身畔的墙上有着岁月剥落的痕迹，几只鸟停在树上沉默。他的怀里拥抱着往事，拥抱着岁月滤过的记忆。那或许是一份沉甸甸的厚重，也可能是一份柔软的轻盈，一生的时光拥进怀里，便把一切都还原成幸福的本真。若我垂暮，有往事盈怀，当是大幸。

便发现，在我们静坐的时刻，怀里从不曾空空，那些都是我们于琐碎劳碌中遗忘的种种。当我们静了，它们就生动起来。一如眼前的日月流年，一如我们的生活生命，我们常于饱满中追寻虚幻，却在那样的恬然时刻，身心俱在梦想之中。

岁月如帘

多年前的一个夏日，我还是无忧的少年，静静的午后，阳光漫天洒落，我去前院邻家。掀开草珠串成的门帘，邻家姐姐正斜倚在炕上，拿着本《红楼梦》在读。听见门帘一声轻响，她转头，笑说：“我还以为是风呢！”

我问为何，她说喜欢听风吹动门帘的声音。她拉我坐在那儿，给我讲古诗词里和帘栊有关的，讲那份意境之美。什么“吹破残烟入夜风，一轩明月上帘栊”，什么“响遏行云横碧落，清和冷月到帘栊”，当时年少心如脱马，哪会听得进去，那些美丽的诗词更是一句也没记住。还是多年以后，爱上诗词，重逢当年的句子，才会理解邻家姐姐彼时的心境。

那时满甸子生长一种植物，结的籽儿就是草珠子，很小，多为黑褐色，中间有孔洞，乡人多用它来串成门帘。自从听了邻家姐姐的话，我也时常注意到，长风来时，草珠门帘就会相互碰撞，发出轻脆而琐碎的声音。乍闻之下，常疑人来。特别是在寂长的午后，半睡之间，听得珠帘细响，然后有风盈室，便觉满心怡然。

又或夜里，隔帘看月，满帘的珠儿都在轻轻摇动，把那一张澄圆的脸也摇曳得越发朦胧，仿若梦中。满地珠影也在静中轻拂，月亮就这样温柔地看着那张帘，把它印在地上，也印进遥遥的梦里。一张珠帘，并没有隔断美好，却使美的更好，好的更美。就像它隔不住风，隔不住那份清爽的惬意。

在那个年龄里，看着风月间的帘栊，心里并没有诗。有的只是很纯澈的一种感受，就像童年的清纯岁月。而在历经辗转之后，也常于风尘中独对帘栊，心里有了太多前人的诗句，风月依然，却没了最初洁白的心境。眼前的帘也不再是朴素得如行夏野的草珠，而我也失去了朴素如童年的时光。

常自记起那个夏日午后。邻家姐姐卧捧书卷，等着一阵风的莅临。而我携着长长的风儿掀帘而入，从此看到了世间的另一种美好。后来，邻家姐姐远嫁，想来也早失去了最初的恬然心事与心境，华年如草珠般消逝。可是，在她的心底，那些曾经的美好，就像无边的风月，一直不会改变。

我的那些草珠般的年华，虽无繁华满目，却有着不曾被侵染的风月。所以不管多少时光消散，每当风来，每有月临，心底依然会响起那些细细的声音，依然会映出那些小小的美好。岁月如帘，隔不断回忆，也隔不断梦想，一如隔不断曾经的风、曾经的月。

一人一书一孤灯

我记得小时候，总停电，那时就喜欢看书。常常在晚上，在自己住的小屋里点一根蜡烛，然后捧一本薄薄的书，倚在枕上看。或者是课外的作文书，或者是借来的小人书，虽然没有什么厚重的名著，可是在摇曳着微黄的烛光里，每一个字都生动得像要开出花来。

仿佛在那样的夜里，只剩下一盏灯、一本书，还有我明亮的眼睛。不同于普通夜读的意味，这里夜只是一个背景，读也只是一种状态，多年回望而落于心底柔软处的，却是那盏灯，那本已不记得内容的簿册。

大学时读的书就多起来，中外名著开始大量阅读。可是在夜里，我依然喜欢拿一本薄薄的书，并不一定是名著，总之是在夜色里能入我心的。宿舍里到时间就停电，起初我们都是拿个小手电，用被子蒙头盖脸，在被窝里看书。后来我就觉得没有感觉，而且很难受，再好的书也读不进去。于是在一个夏夜里，熄灯很久之后，我偷偷溜出宿舍楼，拿着一本书。最后看到宿舍后面的路边有一盏路灯，对面是女生宿舍，灯下是一个台阶，我就坐在那里。

已记不清有多少个那样的夜晚了，头顶孤灯相伴，洒下一片柔和的光，长长的风偶尔飘来一丝，吹得身旁的草叶细细地响，星光月色都被身后的楼房阻挡了，只有这一盏灯还亮着，只有这本书还翻开着，只有我还醒着。

后来毕业，然后就是辗辗转转，在世事的风尘劳碌中，读书的时间越来越少，仿佛心境全然改变。可是每到睡前，还是习惯性地拿本书，心思却不知飘忽到何处。刚参加工作的时候，住在工厂的宿舍里，很大的一个屋子，三个人。我的床在一个角落，每到夜深，当室友的鼾声响起，我便拧亮床头那盏小小的台灯，让它只照着我的那一角黑暗。那时看的多是薄薄的杂志，看那些小小的文章。在文中那些寻常的烟火人生里，努力去找寻能贴近我心灵的东西。

有时候会遥思古人灯下读书，月影小窗，一灯如豆，那一幅读书的剪影该会有直入人心的魅力。虽然已无复古人之风，可在属于我属于书的那些夜里，总会有一些心绪是与古人相通的吧。就像一个朋友曾给我讲，他在工地上当力工的时候，每天都干活到很晚，匆匆吃过饭，别的工友或鼾声如雷或出去游荡，他就躺在大通铺上，借着一点灯光看一本从家里带的书。他说多年以后，那些苦那些累都已淡忘，只有那看书的情景仍历历在目柔柔在心。我想，那样时刻那样的一个身影，也应是有着一种魅力吧。

在一人一灯一书的夜里，别的都会悄然隐退，世界上只有那一点光、一卷丰盈和一缕思绪。那样的晚上，放下书，熄了灯，便会有一枕恬然而带着书香和希望的梦在等候。

在学校的网站论坛上，有个男生发帖说：我记得那时，在深夜里，总有个人在楼后的路灯下看书，我每次站在窗前就能看见。也不知是哪个年级的同学，也不知看的是什么，总之很专注的样子。那个身影，曾给了我许多感动和力量。

下面不少人跟帖，也有人说一样注意过那个身影。一个女生说：是啊是啊，我也看到过，一盏路灯，一个坐在台阶上的读书人，像一幅剪影，真是美极了！

空庭

一阵长长的风走过去，草与树便又沉默下来，我的脚步也沉默下来，隔着一堵矮墙，目光迷失在那个不知是繁盛还是荒芜的院子。

那个院子在山脚下不远处，每次经过，我都会停留一会儿，如那些无痕迹的风。有时候我会觉得，所说的空庭，其实一点儿也不空，反而草木更盛，蜂蝶更多，也许只因没有了人的存在，才说它空，说它荒芜。

所以说夏天的庭院是充满了欢乐和生机，就像记忆里的家园。那时的院子满是欢快，禽畜怡然，草木欣然，连那些帘风檐月都透着灵动。笑声就像隐藏在空气里，随着呼吸便显露出来。

可是那个童年的院子，虽然其中挤满了回忆，在我的回望中却空了。那两棵杨树间的简易秋千，空空地荡着岁月的流逝。或是清晨的鸟鸣树影，或是黄昏的斜阳涂抹，或是夜里的一地月光，都深蕴着寂寥与无依。在那个眷恋的院子里，散去了一些无形的，那些有形的便失去了灵魂。

就像山脚下的那个院子，我隔墙而望。可以看到花瓣上凝固的蝴蝶，彩

翅随风轻颤；看到那些虫儿在叶子的掩护下，匆匆爬向墙角的洞穴；听得见每一处细微的响动，闻得到泥土气息的背景中，百般的草气花香。柴门深掩，荒凉了人烟，却繁华了自然。虽然睹此总会伤情，却依然愿意用目光抚过满院的角落。

便知道，没有人居住的院子，并不空，空的只是我这般凝望的目光。而空庭与冷清相连，常常是在独居的时候。院子里有人，只是自己。那么，身前身后都是寂寞的陷阱。一个大大的院子，花草葳蕤，却只有自己的足音与心事，那么就是空的了。就像我回忆童年的院子，真实存在的只有我的思绪，所以空得无法填补，就算在回忆中植入太多的笑脸，也只是无尽的沧桑与苍凉。

一所院子加上一个人，才是空庭。

于是继续用心去看眼前的院子，却依然有空的感觉。可是，我并不属于院子里，我只是路过。走出很远回头看，矮墙围不住的绿意，心里便忽然明白。

忽然明白，如果有一声犬吠、一缕炊烟、一串笑语，那么，院子就不空了。

在心的角落安放灵魂

（2015年河北省沧州市中考适应性语文试题）

我们把所有不愿意展览的，都堆在那里，把它们藏在阳光之外。即使有丝丝缕缕的阳光进来，也只照亮最外面的一层，许多深埋的，如处永夜。角落似乎是我们刻意给遗忘留出的位置，它跟在我们身后，我们却连目光都不愿意给它。

有时候走得累了，不经意地回首，便一不小心扎进角落里。然后会发现，许多东西，许多当初不肯再想起的，再见时竟多了些感慨。没有了最初的心情，时光洗去了太多曾经的种种，那些在心里不见天日的，却仿佛化作了点点星光，闪烁着另一种美好。然后，我们休息够了，收回目光，收回心绪，转回身继续上路。于是，角落依然是角落，依然继续被遗忘着。

就像走得热时，去寻个阴凉的地方。角落，总是在我们艰难时，默默地等着我们。或者在冬季，或者风起时，角落便成了温暖的地方。可以挡风，可以暂时温暖，就连那些被流放到这里的所有，也仿佛温情脉脉。就像失意的人，会被墙角的一株草感动；就像在走投无路时，于心底的某个柔软的角落找

到了希望和勇气。

角落就在那里，与我们形影不离，我们得意时往往忽略它的存在。我们走着，它就在后面捡拾我们抛弃的，或者我们失落的，它把它们储藏在那里，储藏在我们的心到不了的地方。有些东西随着时光变得陈旧，然后慢慢消散，而有的东西，则在岁月里渐渐散发光芒。当它们与我们回首的目光相遇，就会让我们的心里充满不期然的感动。

每个人的身边，每个人的心里，都会有着不同的角落，杂陈着不同的过往。或许那些地方原本不是角落，只是我们放的东西多了，只是我们问津得少了，便慢慢地成了一个暗暗的狭小空间。那时的我们，从没有想过，这样一个被我们遗弃的地方，有时候会成为一个避风的港湾，会成为一个疗伤的安静之所，会成为一个最后的自由之地。所以，生命中的那些角落，更可能会是我们最后的退路，也是我们心灵的后花园。

当我们走进那些角落，尘世的喧嚣便隐于遥远，离那些被我们遗落的东西越近，也就离自己的心灵越近。哪怕有些往事已化尘埃，却也能于一粒尘中看到自己曾经眷恋的世界。即使当时在那样的世界里我们伤心过、失望过，此刻重回，有的却只是怀念与留恋。那些有形的、无形的，充满着角落，也充满了我们易感的心。角落就像一个酿造之地，把那些我们遗忘的琐碎储存发酵，散发出香气，便醉了我们回望的心。

似乎都是消极的人喜欢躲在角落里，可是角落也并不全是阴暗。一个人躲在暗处，并不一定是在酝酿阴谋，更可能是在静静地等待伤口愈合。而角落里隐藏着的，也并不一定全是丑恶，更可能是我们遗落的珍珠，或者，角落本就如蚌一般，包容着我们所有的失去，将一颗颗璀璨之珠悄悄孕育。

我们喜欢在独自的时候，静静地坐在角落里，看外面的风云变幻，守着岁月的流逝。眼中心底全是恬然，我们在角落里，不散发光芒，却拥抱着宁静。或许这也是一种境界，不是避世的超然，也非消极的等待，只是一种灵魂的憩息，或是一种生命的升华。

有时候，我更觉得，角落是两种生命状态的衔接处，那两面墙，一面是过往，一面是未来；或者一面是现实，一面是梦想；又或一面是铭记，一面是遗忘。在它们之间，形成了角落这个独特的地方，足以安放我们的灵魂。

恰好一阵雨

正在甸子上疯玩儿的我们，被一阵突如其来的大雨包围了。几乎瞬间就湿透，我们挤在一个小小的窝棚里，看着外面白茫茫的天地，迷蒙着凉凉的气息。我看见两米外的地方，一个小小的池塘正在疯长，水面溅着雨点，无数个泡泡生生灭灭。

一阵雨过去，时间刚刚好，就像大自然一个猛子扎进水里，然后又跳了出来。少年的我，就站在曾经的甸子上，看着雨后的万物在阳光下生辉。仿佛大雨洗绿了青草，也洗清澈了鸟鸣，就连草尖上蒸腾的雾气，都变幻着惊喜。

恰好的一阵雨，时间不长也不短，无论少年还是中年，我都喜欢这样的雨。与自然无关，与渴盼无关，只湿润着我的心情和心境。

有一次和一个朋友行走在乡间的土路上，仿佛天上都是太阳，土路上的尘埃飞得无精打采，树上落下的几声鸟鸣也干燥得要燃烧起来。那时根本没想到会有一阵雨，甚至都没注意，什么时候头顶集了一朵云。总之就在最没有料到的时刻来临了，树上那些干旱的眼睛，瞬间都在淌着喜悦的泪。

也就五六分钟的样子，那朵云就消散了。我们同人间一起，路过了一场雨，就像这场雨路过我们，路过人间。于是，眼前的一切就都变了，就像脚步踩在小水洼里，溅起的清凉与清澈。

有时候，走的岁月太久，也渴望有那样的一阵雨落下来，可是，更多的时候，却不知道那阵雨到底是什么。

依然是少年的时候，在镇上的姑姑家里，和堂弟表弟一起，我们好几个人午后热得身上汗出如浆。姑父便琢磨着带我们去洗澡，这个时候暴雨突至。天暗得几乎看不出去多远，下了几分钟后，姑父说此时雨水已经干净，建议我们出去雨里淋浴。于是，几个胆子大的，随着姑父冲进了院子里，世界在水里变得生动起来，这副景象只有我们淋雨的人知道。

有时候回想当年那一场暴雨，也许已成为我生命中唯一的一场暴雨。在所有的雨中，将我淋湿的，才是真的雨。

可能每个人都会记得一场雨或一阵雨，之所以记得，是因为那阵雨不只是与身体相逢，还与心灵相逢。所以，那阵雨会在每一次回忆时都继续洒落，洒落成无边的眷恋。

恰好的一阵雨，落进我的生命里，濯洗着我的灵魂。

我曾踏月来

每天的黄昏，我都会去山脚下的那条路上散步。有时回来得晚了，便会与月亮不期而遇。在山与树的背景中，月临其上，步步相随，而身畔的空山，满是静谧，除了足音与月色，便是长风裹挟着思绪了。

少年时读席慕蓉的诗，“我曾踏月而来，只因你在山中”，那时还未曾到过山里，不知山月如何。想象“暮从碧山下，山月随人归”，是怎样的闲适和悠然；而“山月不知心底事，水风空落眼前花”，却又是一种让人眷恋的寂寞。从不知道，月亮如果到了山里，会有着怎样的情境。

及至现在，人已在群山中近二十年，每次凝望山顶的满月，就会想起少年时的情怀。人生的际遇无常，曾经的遥不可及，却已是近在身畔的风景。

走在那条山路上，暮色渐浓，所有白日里的色彩悄悄隐没，包括心底缤纷着的欲望。只有澄澈的月在山中。空山路远，我拾不起一片晶莹，月光总是在我身前身后，疏淡的树影婆娑着一种灵动。能照进心里的月光，才能洗亮灵魂和眼睛，看到平日里忽略的种种。

有时候，我们走得太远，走得太累，就忘了许多东西，甚至忘了为什么开始。就像一朵花再也不能点染眼睛，就像一轮月再也不能唤醒情思，有的只是茫然，只是麻木，只是一种带着坚强面具的徒劳。所以，能照进心里的月光，是可遇不可求的某时某刻、某种柔软的心动。

山一直厚重着，因为有了月而柔和。我们的生命也是如此厚重和沉重，也需要有一轮月在头顶盈缺轮回。

有一年去外地一个山区，在群山间的小小村落里，在那个石头搭起的学校里，我看到了三个城里来支教的年轻人。他们当时正在暮色渐深的操场上煮粥，粥香和他们的笑容一同弥漫。山顶上，已爬上来一轮澄圆的月。他们望着月亮，眼中也是同样的清澈，闪动着一种希冀。

其实月光并不在意我们的珍惜或辜负，它就那样走着，路过不同的思绪。我们珍惜或辜负的，是自己走过的年华，与风月无关。

从山上走下来，在山脚下回头看，月亮高高，山影如剪，心中刹那间全是不期然的感动。不知来处的感动，不知为何的感动，就是一种触动，在这样的时刻，这样的山脚，这样的月下，心儿清澈得要滴出水来。

有一次有人问我：为什么总喜欢在傍晚去山脚下散步，山中有什么？

我说：山中有月。

她问：什么？山中有约？

心中欢喜，这个岔打得真是可爱，打得有意境。就像席慕蓉的诗句，“我曾踏月而来，只因你在山中。”

山中有月，山中有约。

晃动在掌心的月亮

（重庆市南开中学月考语文试题）

当我掬一捧水于掌间，明晃晃的太阳被揉碎成点点游动的金光，那条河便流进了心里。当时的心儿还是那样澄澈，没有风霜，也没有无尽的乡愁。那一河流水，祖祖辈辈的人歌人哭尽融其中，仿佛单纯的岁月留痕，即使手心里的一捧，都是晶莹的泪和笑。不管日后化作的沉重与沧桑，曾经掌间的柔暖也成为心底的感动与眷恋，洗去世事的苍凉。

在那个无忧的年代，我们嬉戏于河水之中，捧起水四处飞洒，眼前的虹一道道闪现。其实我们那不是掬水，只是一种挥洒，把童年的岁月就这样挥洒掉。女孩子们在远远的岸边，掬一捧清冷扑在脸上，于是美好的光阴就从指间滑落。就像天上的流风流云，不知不觉间变幻，无声无息里消逝。

河边的农田里，盛夏的阳光照耀着每一个亲近黑土地的身影。累了的时候，他们会直起腰身，甩掉脸上的汗珠，大地便在眼中铺展成希望。然后，他们来到河边，洗去手上的尘土，洗去脸上的尘土，洗去太阳的温度。再掬水而饮，便饮进了一份灵动的热爱，他们再望向那片让他们劳累的土地，眼里便满是欣然和怡然。

后来，就再也看不到那个小女孩，小心地在河里掬一捧水，轻轻地走到不远处的花草旁，细细地浇灌。再也看不到蛙声如潮的夜里，掬一捧水中的月光，漾成心底柔如细梦的碎暖。无数的物换星移之后，故乡的河流已在遥远处，当每一个清晨，掬起一捧自来水，感受到的不是愉悦，而是一种冰冷的沉静，就像被风雨袭染的生活。

觉得再也不会有那样的一种水，也再也不会有那样的一种心境，在这城市的喧嚣浮躁里，仿佛一切都在桎梏着心里的流淌。可是在某个夏日，当我走过尘埃飞扬的工地，看见一个建筑工人在水管边，捧起一抔清水，脸伏在掌间痛饮。然后抬头远望，眼神里闪烁着一种在思念故乡时才有的温暖。那一刻忽然明白，他在城市的风尘里，心却依然在土地的厚重里，所以，他的心清澈，他的目光清澈，他掬起的水也依然清澈。

有一年回到故乡，回到河边，物是人非，只有土地没变，河流没变。我俯下身，像从前般掬起一捧水，却觉得很沉重，仿佛捧着一方土地的厚重，捧着一条河流的奔淌。一茬茬的岁月、一茬茬的人，都在这一小捧的河水中荡漾。当泪水落进去，手竟颤抖得让水都落回河里，一如抓不住的时光。我知道，从此，这条河里也有着我的泪，多年以前已经有着我的笑，它再也流不出我的生命。

可是，那于掌心中不肯停留的，却停留在心上。那些曾在掌心晃动的日头，那些曾在掌心晃动的月亮，那些日月，从不曾辜负我双手捧起的姿势。

风花

（2012年黑龙江省绥化市九年级下学期期中考试语文试题）

常常无缘无故地，凝神于风中的花朵，仿佛那轻轻的摇曳，将心神也拨动得悠然而颤。一如生命中那许多让我微微感动的点滴，往事如风，那些不期然的感动，就是吐蕊摇香的花儿。也曾注目于随风而落的片片残红，却是有感而无伤，花离枝头，终会重新开放。逝去的是美好的回忆，等待的是灿烂的未来。

翻开一本大词典，无意间瞥见“风花”一词，竟发现它有着那么多的含义。有一种解释说，风花，是天空中斑驳散乱的云气，或者起风前的大雾。不知为什么，这些云雾之气，会被称为风花，也许，它们就像那些即将零落的花儿，有风来，便会散去无痕。在我们的生命之中，总会有一些美丽的纠结，让人于疼痛中带着些许甜蜜或幸福，欲罢不能，不知不觉地消磨着豪气与热情。如果有风来多好，全都散尽，只余若有若无的馨香，便足够了。

据说在日本，冬天的第一场雪被称为“风花”，轻盈的雪花从天空中翩然而落，宛若风中开出的花，没来得及感觉到寒冷，便融化了。我们同样有许多花儿一样的美丽往昔，瞬间一现，没来得及去品味，没来得及去眷恋，也还没有来得及经历世事的风尘，便随风而过。如长河中瞬逝的浪花，涟漪荡尽。只是，有风在，便总有美丽的花儿，即使化作长风，依然存在。

记得许多年前，正是青春年少，听过一首叫*Windflowers*的歌，也是译作风花。歌词中说："风花，父亲对我说不要靠近它，一旦靠近了就会离不开它，就会时时地追逐它，使自己痛苦，但是我没有听话……它的美丽迷惑了每个年轻的寻梦之人，久久地徘徊在它的身旁，而我爱你，古老的风花。"

这首歌很是哀婉辗转，有人也把它译成《风飞花》或《风之花》，可是，总是没有风花般让人神游无垠。本来一种迷茫带着惘然的心境，与风中的花儿很是相契合。伤花而自伤，每个人年轻的时候，都有过如此唯美的伤感。

故事中说，风花，是爱神阿佛洛荻忒在人间的恋人阿多尼斯死去后，她的眼泪与恋人的鲜血相融，生长出的花。传说中它无比美丽，可是极其脆弱，风吹过便飘零一地，所以用来比喻来如春梦，去似朝云的爱情，匆匆而无奈。

是的，无论哪一种解释，风花，都是生命中最美好而又转瞬即逝的东西。可是，我会永远喜欢，就像歌中所唱那样。让那份氤氲的芬芳洇染长长的一生，即使短暂如斯，也足够欣幸。因为，在风里，在美好中，面对那些摇曳的花，心儿总是情不自禁。

旧时池塘

越来越多地想念儿时的池塘，也越来越多地渴望能有一个院子，里面有个小小的池塘，每天对着它，看云卷云舒，静守流年。我总是觉得，池塘应该是很小的，只要能容纳几声蛙鸣，融进天光云影，就足够了。

从前的村庄，南面是个大大的草甸，里面大大小小的水泡子像珍珠散落。那时，我们不叫它们池塘，水泡子，是我们带着泥土气息的称谓。经常在大草甸里玩耍，也经常邂逅充满神秘的池塘。近岸的水边，生长着高高的香蒲，金黄的蒲棒夹杂其间；还有那些叶子狭长的茂草，摇曳着一簇深碧。水里有各种不知名的小小鱼儿，水面上的虫儿飞快地滑行，时而有蛙入水，激起悦耳的声响。

多年以后，当我读到谢灵运“池塘生春草”一句，回望旧日的水影，竟是联想颇多。那时的池塘，路过最朴素的风月，草气花香浸染着一池静水，时有鸟鸣落入其中，便于回忆中荡起无边的涟漪。

如今在城市中，也会遇见池塘，可是却带着太多雕琢的意味。我宁肯在荒郊野外，对着杂草杂树掩映中的一泡死水，也不喜欢那些修建了精美亭阁的水光潋滟，自然而然的，永远有着直入心灵的魅力。

一场大雨落进过去的岁月里，于是院子中那个被几头白猪拱出的大坑，便成了微型的池塘，少了几多野趣，却平添了不少烟火气息。雨还未停，那几只鸭子便已在水坑里追逐，小鸡们偶尔会去啄水中虹的倒影。太阳再现，猪们便联袂而来，赶走群鸭，在水中舒适地躺卧。

那时我们常跟着父亲，扛着扒网去甸子上捕鱼。通常是那些涨满了水的池塘，一网扒上来，好多大大小小的鱼，还有误入的蛙，更有些不知名的水里的虫儿。我们兴奋地挑拣着，心儿就像那些鱼儿般跳跃。小小的池塘，藏着太多的乐趣，就像我们的童年，收藏了最美好的种种，用一生的时间去回忆，也不能穷尽。

曾经有一个夜里，我独自一人穿越大草甸回村，天上一轮圆月。蛙声起伏的背景，衬托着无边的宁静。我路过一个池塘，它如一面不规整的镜子闪亮着，低头看，水里的月亮就开放在那些蒲草的叶尖上。如潮的蛙鸣掩盖不住一声入水的轻响，或是鱼儿跃出水面又落回，或是草地里的蛙一个猛子扎进星光月色，或是我的脚踢起的小小土块儿，翻滚着投入水的怀抱。

岁月的风长长地吹过，吹干了曾经大草甸上无数的池塘，我的心就如那些蒲草，不知依何而生，在辗辗转转中枯萎消散。多希望我的心也变成一个小小的池塘、一怀星月、一季斑斓、一生眷恋。那些旧时的池塘，依然闪亮在生命深处，那些蒲草的叶尖上，仍开着不变的星光月色，那些曾经的风，曾经的月，漫透时光的阻隔，依然给我带来最熟悉的水色、不变的感动。

是的，能坐在那样的夜里，听听蛙声也好，看看青草也好。

梳齿间的细光阴

木梳是长发的情人，青丝细齿，日日相伴，流淌着无数的雨夕花朝。遥想间，那样的情景总是动人心神，轩窗独倚，红花红颜，长发如瀑，翠梳游走，便醉了光阴。

“朝梳和叠云，到暮不成雨。一日变千丝，只作愁机杼。”这是宋代曹颜约《朝梳怨》中的前四句。一个孤独的女子，晨昏间的情思流露，寂寞中透着哀怨。木梳也成了机杼，却是青丝难纺，成了轻愁往复的寄托。

在我的童年里，木梳却是很普通、很平凡的东西，没有古时的那种精致，也没有现在的那些样式，就是木头的，形如弯月，经常照耀着姐姐们的一头长发。不过，有一次，却发现了一把很特别的梳子。那是去叔叔家里，正是冬天，奶奶坐在滚热的炕头上，把盘成髻的白发散开，拿着一把极小巧的梳子慢慢地梳着。阳光从窗外照进来，在梳子与白发的交错间欢快地舞蹈。

那是一把银制的小梳子，由于长年使用，已被抚摩得极为光滑，带着掌心的温度。现在想起，依然记得它在奶奶的发间穿行的样子，银梳银发，带着穿透重重岁月的芬芳，在时光深处，蕴含着我心底永远的眷恋。

家里有两把木梳，不知是什么木头制成的，原来的颜色褪尽，呈现出一种淡淡的黄色。两个姐姐一人一把，每天的早晨，她们对着木柜上面墙壁挂着的大镜子，梳那一头长发。那时很是羡慕，如果男孩子也能留头发，是不是就能体会那一种感受了？有时也偷偷拿起木梳，在短短的头发上轻梳几下，镜中却是失望的脸。

那时邻家姐姐的头发最长最黑，我常去看她梳头，那是一把很厚的红色木梳，梳齿也很粗，每一梳起，长发如水般从齿缝间泻落。邻家姐姐长得美，明眸皓齿，人很聪明，却是家里贫困，从没上过学。我常去她家里玩儿，她很喜欢我，每一次去，都让我教她认字写字。有时，她梳头时，我便要过木梳，给她轻轻地梳。她静静地笑，发丝流过我的手面，一如她的浅笑流过我的心底。

后来，家里的木梳终于断了几根齿，如残年的老人笑着露出的牙，沧桑中透着一种温暖。姐姐们依然舍不得换新的，也许，几年来一直用它，有了感情。我却一直很少看见母亲梳头发，可是母亲的头发并不凌乱。后来才知道，母亲起得极早，木梳在它发间游动的时候，我们依然在梦乡里沉迷。母亲就是这样，把第一缕晨光梳进发中，一年年，木梳在时光里老去，也梳白了母亲的一头黑发。

有一年，邻家姐姐终于出嫁了。那一天，我早早地去她家里看热闹，她一点都不开心的样子，见到我，说，再也不能和小弟学写字了！坐在接亲的马车上，她让我坐在她身边，秋天的风依然吹动她的长发，发丝拂在我的脸上，有一种想哭的冲动。

在新房里，她坐在炕上，一个儿女双全有福气的老奶奶给她梳头发，依然是那把厚厚的红木梳。这是我们这里的婚俗，邻家姐姐的长发散落，老奶奶就在后面一下一下梳着，嘴里还念叨着：一梳梳到尾，二梳白发齐眉，三梳儿

孙满地……邻家姐姐的眼睛红红的，却没有眼泪滴下。

再后来，姐姐们也相继出嫁，梳子在那样的时刻在她们的发间轻轻游走，依然是不变的歌谣，依然是一种告别。少女的岁月在梳齿间流走，迎面而来的，却是无尽时光的沧桑，直到白了发。

可是，梳子却记得那些青丝变白发的所有时光、所有细节，它把所有的岁月、所有的心绪都梳理得细细且长，是我们回望时，那些丝丝缕缕的暖汇成的温暖之潮。那些梳子，若如机杼，便会将那些琐碎的光阴编织成心底最美的画卷，每一次流连，神飞无限。

共冬而暖

帽子和厚手套已翻找出来，棉鞋也已站在门口的鞋柜里随时待命，夜里的风声开始在北窗外徘徊，于是枕畔的书便换了个更有阳光味道且易入梦的。

许多东西开始出现，陪伴我度过漫长的冬天。院子里的树枝上，有两只麻雀，穿着厚厚的袄，时栖时飞。我年年能看见它们，在雪后，在每一个寒冷的日子。我不知是否是从前的那两只，也不知道是否特意来窗前相伴，只要有它们和我一起守着冬季，就是一种温暖。

每天在风最小的时候出去，彼时或许已经是如夜的黄昏，因为我们这里冬天的夜来得特别早，下午四点钟的时候，天便已经黑透了。我踩着雪走过河边细细的小路，路旁低矮的灌木丛已经失去了夏日的繁茂，目光越过那一片萧疏，便看到了露出来的几个石雕的蘑菇。它们在冬天白了头，站在昏暗的灯光里，站在明亮的目光里。它们就在繁华落尽后，在我的眼中凝结成一种慰藉。

还有那些从尘埃里挣扎出来的回忆，比如童年的炉火，曾经热炕头上的猫、张牙舞爪的雪人，还有在炉畔生长的那些生生不息的故事。每到天寒岁

晚，它们就像火焰般从心底燃起，于是往事就成了御寒的酒，饮到上瘾。等天渐暖，一切如梦逝去，酒醒人散。

这些曾陪伴了我无数个岁月的它们，只在我最寒冷无助的时候出现，并不在意春暖花开时的遗忘。我真的多是在冬天时想起它们，在黯淡时想起它们，更多的时候却是淡忘。它们消失在生命里，就像一滴水汇入江河，一朵花融进春天。

有时候也想像别人说的那样，拥着梦想过冬。可能是我没什么远大目标，甚至连微小的心愿也缺少，别说拥抱着梦想，有时连梦都记不分明。还不如我拥着的被子来得实在，可被子本身并不发热，它只是留存住了我身体的热量，这样的陪伴，才是长久的相依吧。终究是自己温暖自己，我们需要的，不过是一个能够不让希望消散的相伴。

曾经的一个冬夜，顶着风雪艰难地走在野外的路上，那时候只觉天地苍茫，寒冷麻木，似乎动着的只有心跳和机械的脚步。当坐在温暖的炉火旁，当风雪已成为窗外的风景，我就觉得，真正相伴着的，就是这个巨大的冬天吧。它年年来一次，而别的相伴，只不过随它而来，或随它而生，它走了，也便都散了。

若是因此就说我喜欢冬天，我觉得还是不够，它也不会在意我的喜欢与否。我只是能在冬天里，发现许多能与我相伴且相暖的事物，那可以是我的眷恋，但冬天并不一定就是我的喜欢。或许它只是我喜欢的一部分，或许我喜欢的，只是和它一起走过时光的感觉。

所以，有一种心情能共冬而暖，便会发现许多流连的相伴。于是，冬天来了，心便也期盼了。冬天深了，梦便也浓了。冬天走了，回忆便也醇了。

冬天炕头的猫

北风和雪花携着手，就把村庄里的人都赶回了屋里，屋里的火炉或火盆散发着热量，温暖着一年的疲惫。老人们坐在滚热的炕头上，衔着长长的烟袋，围着火盆唠着闲嗑儿，开始了猫冬。

所说的猫冬，就是躲藏在冬天里，而“猫”在东北的话里就有“藏”的意思。说到猫，当老人们在炕头上说得火热时，总会有一只猫蜷在腿旁，发出轻微的鼾声。偶尔耳朵或尾巴轻动一下，仿若驱赶着窗玻璃上正在扑落的雪花。猫也是要猫冬的，它们很沉默地猫着，总是昏昏然，躲在冬天深处，躲在炕头的人身后，做着一个无人知晓的梦。

此时的猫，不再伶俐，不再机警，它躺在冬天里，躺在温暖里，火炕的热量给它酝酿着一个安全的美梦。它表情惬意，胡须随呼吸起伏，甚至不再蜷着身子，而是舒适地伸展开，就像拥抱的样子。它就这样拥抱着满屋的欢声笑语，拥抱着一个不再忙碌的季节。

我们这些小孩子是猫不住的。当从冰天雪地里嬉闹回来，扑到热炕头

上，分外慵懒的猫就延续了我们的游戏心思。可是猫却睡得极深沉，把冰凉的手放在它肚皮上取暖，它也没有反应。它也许睡意正浓，没工夫理会身外之事，即使把它翻来覆去的折腾，它也沉睡如初。甚至抓着它的两条前腿把它提起如荡秋千般，它依然阖目无觉。玩够了，将它扔在那儿，它继续睡。它知道在家里，它安全，它放心，所以它睡得死。

猫也有不睡的时候。它会短暂地随着人们的进出而跑出门去，过了一会儿，再随着进来的人一起进来。它会抖落掉身上的雪，然后跃上炕，卧在它经常在的位置。渐渐地，它身上腾起微微的雾气，它似乎极舒适，半眯着眼睛，看着老人们围坐着说话，看着屋中央火炉中闪闪的亮光。有时它也会蹲在窗台上，透过霜花融尽的窗子，看着雪花一朵朵地扑在玻璃上。

更多的时候，猫即使不睡，也是一副欲睡或刚睡醒的神情。往日里的灵动没有了，每一根毛都放松着，这时把毛线球滚到它眼前，它也懒得看上一眼。就是不知道此刻，如果一只老鼠活生生地走过它面前，它会不会爪牙毕露。于是我们就对它失去了兴趣，它就那样安静地卧着。无论喧闹还是安静，它身前的时光都不会泛起一丝涟漪，它守着自己的沉默。

所以，冬天的猫，大多是安静的。我不知道在很深的夜里，它们会是怎样的一种状态。我猜想，在寒冷与黑暗交织的时候，它们也不会像在别的季节般，幽隐或穿行于村落。它们也需要休息，也需要积蓄力量，也需要养养精神，当天暖了的时候，炕头就再也留不住它们。可是有时候，我更会想念冬天的猫，那个时候，它与我们同在冬天的怀里，离得很近、很近，近得许多年过去，我依然能在梦里看见。

第3辑
流年里最美的单车斜阳

总是在寒冷的日子，才会珍惜难得的阳光。如此想来，寒冷也是好的，能让我们体会到一直忽略着的美好和存在。平常的日子里，有一些我们熟视无睹的，其实一直都在将我们温暖，比如亲人的牵念，比如背后那些凝望的目光。而我们，总是在艰难时，才会让心与那些一一相遇。

每一点月光里都住着一个月亮

有一年，好像还不到二十岁吧，那时正在一个建筑工地当力工，一天活干下来，浑身无处不痛。干到半夜才收工，便一头扎在简易的工棚里，想着就此一睡不醒也好。可是却又偏偏睡不着，仿佛身体不是自己的。那个晚上，依然无眠，连翻身的力气都没有，就那么呆呆地望着黑暗。蓦地，仿佛刹那间，侧面的壁上，便出现了圆圆的一块银白。

眼睛里瞬间便有了亮色，我凝望着，想看清它的来处。那是一缕从棚顶漏进来的月光，想象着外面的天地，定是月色如水。而这不小心溜进来的巴掌大的月色，却使黑暗的工棚有了一种神圣之气，也映亮了所有的苦与痛，仿佛黯淡的心也变得生动起来。那个夜里，我就看着那片小小的月光，在墙壁上悄悄地行走，直至消失于无形。

多年以后，在大学的图书馆里看一本外国文学传记，里面有一个情节。那个人有一天傍晚在工厂修葺厂房，却一不小心掉进烟囱里。那烟囱极高，幸好里面积了厚厚一层灰，他才得以安然。只是极难出去，本来烟囱根部有一个铁门，是用来掏灰用的，只是夜里无人，铁门紧锁，他敲了许久，也无人声。于是在漫长而恐惧的夜里，渐渐地，有月光从高高的烟囱口照进来，照亮了半面圆圆的墙。他回忆说：“那一瞬间，就像溺水的人在深深的河底，忽然看见了水面上的光亮。”

记得曾看过鲍尔吉·原野的一篇《月光手帕》，那一小块像极了手帕的月光，让一个女孩想要弯腰拾起，也让他在目睹了这一幕后，温柔的心思辗转起伏。一幅如梦境般美的画面，一个有着月光般心思的作者，感染了许多向往着美好的人。

小小的月光，并不是支离破碎，每一点月光里都有着一个完整的月亮。常常是风尘困顿中，破碎了许多当年的梦想，可是每一个梦想的碎片，都闪耀着晶莹的光亮，也都蕴藏着一个梦想的完整与美好。

小小的月光，其实更如生命中的美好与希望，即使际遇再黯淡坎坷，它也总会于某个缝隙之中，悄悄潜入，让一颗心有了温柔的亮色。是啊，无须月光朗照乾坤，哪怕只是一丝一缕，照进生命的黑暗，也足以让心如明月，无尘无悔。

心生欢喜

（浙江省宁波市慈城中学2014届九年级上学期期中考试语文试卷阅读题）

早晨，送孩子去上学，大雾迷漫，空气中透着清凉，远处的山皆隐去无踪，近处的树只余朦胧倩影，一时但闻鸟鸣却难寻鸟踪，残余的睡意顿去。等回来的时候，雾已经淡薄，有阳光从东方斜斜地照过来，穿透万千细密游移的水珠，散射漫天的金霞，便觉满心舒畅，有一个很美好的开始。

回去后，网上一朋友邀我去下棋，便乘兴而往。他家是山坡上的平房，我们在院子里开始于黑白世界中驰逐。偶然抬头，但见岭树映目，山云接檐，飞絮飘然落于纹枰之上。便觉闲淡悠远，仿佛飘然出尘，不知身之所在。棋罢指尖犹凉，便起身凝望山间浮岚，心飞神度，眉眼间全是欣然之意。

记得少年时，有一段时间酷爱下象棋，那时家在农村，闲时便提着棋袋四处寻人对弈。不过那时大家基本都在田里干活，便找到田里等着。有时等得急了，就冲进去和别人一起干，待干完活，顾不得擦汗，便在田间地头，或树荫之下，摆开棋盘厮杀。烈日高悬却一荫如盖，就坐在暖暖的土地上，腿旁放一罐清水，走上几步棋便喝上口水。彼时清风徐来，额上汗水便清凉无比，庄稼的清香随风飘荡，真是惬意无边。

有一次和一个大叔下象棋下得上了瘾，我们在地头一直下一直下，那大叔连输几盘，也顾不得去干活，非要找回来。不知啥时候阴的天，更不知啥时候开始下的雨，我们就沉浸在车马炮之中。后来雨成瓢泼，我们才狼狈而起，向村里狂奔，相顾而大笑。

还有一回下大雨，我在姑姑家里，也是在农村。天暗得像黄昏，雨密集得看不清任何东西。我们就站在窗前，看外面一片水的世界。下了十多分钟，依然势头猛烈，姑父提议出去到雨中洗澡，并说此时空气中的尘土已经冲尽，雨水干净。我和表弟都欢然同意，于是脱光衣服冲进院子，立刻被雨包围。大雨淋身，一时目不能视、口不能言，真如身处水底。身心同雨水一般清凉透爽，从此爱上雨天，即使再没有这样的经历。

去年和几个友人一起去爬一座荒山，听人说山那边景极深幽，是难得之佳境。于是我们劲头十足，经历千辛万苦终于攀至山顶。却突然发现，那一面是极陡的悬崖峭壁，并无可下山之处。于是都望着对面山下的佳境，颇为懊恼。忽闻花香阵阵，但见在山顶一块平坦处，杂花恣意而生、尽情而放。立于花丛之中，遗憾之情忽去，喜悦之心顿生。

在这个深秋的午后，看着远远斑斓着的五花山，看那些红枫黄杨，看那些碧松白桦，神游其中，心生大欢喜。回望前路，虽然一直身处红尘劳碌之中，却有着那么多的点滴片段，让我心中的欣喜不能自抑。那让我忘尘的种种，皆是凡世中的所眷所恋。虽未入清凉之界，却常生欢喜之心。如此，生命虽然繁复辛劳，但有那欢喜之心，却依然是我最美的家园。

一个人的早晨

那是真正的早晨、清醒着的早晨，而不是躲在温暖的被窝里，半睡半醒间看见窗上微明的霞光，也不是在晨练的人群中迎着太阳，沾染着一身的烟火之气，而是只属于你一个人的晨光，甚至不能与人分享的一种情境。

或许最美的情境总在最艰难的际遇里不期而来。有一年，正年轻，一个人去群山深处放逐心情，正是盛夏，周围都是密密的林。走到最后，累了的时候，忽然发现自己竟然迷山了。于是凭着记忆和感觉向来的方向走，可是周围都是一成不变的山林，群岭起伏、林木参天，我像爬行在其中的一条虫子，却茫然不知何往。天色渐暗，心下也焦急起来，伴着一种从未有过的恐惧。

当天色完全暗下来，心底反而平静了。耳畔全是风声，周围的树越发地发出声响，未知的黑暗中仿佛隐藏着无数让人心悸的东西。吃了些背包里的食物，便摸黑爬上山顶，选了一棵极为粗壮、枝叉密集的大树，开始往上爬。由于完全没有在山林中生存的经验，只好全凭自己的感觉行事。在三四根粗大树枝的交汇处，我倚坐下来，解下背包上的长带，将自己固定在枝上。却是无法入睡，万声入耳，全是心中隐藏着的恐惧之音。

我是在一阵繁密的鸟鸣中醒来的。睁开眼，近在眼前的全是泛着浓浓生机的枝叶，长风流淌间带着青青的气息。太阳还没从另一座山后升起，霞光却已先自弥漫。耳畔充盈着的，是清脆的鸟鸣，抬头看，头上的枝密处，许多鸟儿如开在树上的花朵，正欢快地交流。向山谷间望去，云雾蒸腾，给人一种恍惚的感觉。那个山里的清晨，我竟舍不得从树上下来，从没有这样的一刻，鸟儿离我如此之近，自然离我如此之近，早晨离我如此之近。

在西部的黄河边，我曾经历了另一个难忘的早晨。秋天，那个夜里没有睡好，便早早地起来，天还有些黑，走到黄河边，向着远离人烟的方向一路走去。直走到天放亮，才停下脚步，站在岸边的一处高地上，向着河对岸望去。此处的黄河是由北向南流，我站在西岸，对岸是高高的沙冈，此刻太阳还没有露出头来，霞光流过沙冈，更为金灿，然后将一河流水也染得生动起来。秋的苍凉这一刻隐于无形，剩下的只是一种开阔的雄浑壮丽。早晨，有着这样一种神奇的力量。

当太阳升起，我才发现，在下面更接近黄河的地方，站着一个老者，河水在他脚下流淌成眷恋的姿态，便走下去，来到他身边，与之攀谈。原来他一直有着这样的习惯，在远离人群的地方，在这黄河边上，静静地看日出。仿佛天地间只剩下他自己，还有黄河，还有朝阳。我知道，我的出现，破坏了他的情境。而对于我来说，却是平添了另一种情致。

一生之中有多少个只属于自己的早晨？我无法计算，可我却知道，有了真正属于自己一个人的早晨，那么，就会拥有与平时完全不同的一日。

等一只蝴蝶的邂逅

一条虫子慢慢地爬过我的童年，停留在我心底永远绽放着的夏天。

在南边菜园的无数绿叶之间，它就隐于其中，或花间，或叶下，或墙角的泥缝里。那是一条灰褐色的虫，身体略扁，不算很长，与其他的虫子很不一样。似乎每一条虫子都是单独行动，它们很少成群结队，默默地爬行于红绿丛中。

我发现它时，它正努力地沿着土墙向上爬，仿佛墙头上有什么东西在等着它。我本想用土块将它打死，可是看它爬得辛苦，便暂时放弃了那份厌恶。终于，它攀上了墙头，而墙头的短栅上，正立着几只白色的蝴蝶。它就保持着一个向上爬的姿势，将头探出，似是在看着那几只蝴蝶。这一幕很是让我动容，便彻底散去了想消灭它的想法。

我知道蝴蝶是虫子变成的，也曾观察过一条虫子变成蝴蝶的过程。也许，这条丑陋的虫子也会有轻盈而飞的一日，要不，它怎么会那样费力地爬上墙头，只为看那几只蝴蝶？就像凝望着自己的来世，或许会有憧憬支撑着它现在的生活。许多年以后，回想起来，我这样想着。

从那以后，在园子里，我总是想再看到它。可是，这个大大的园子之于它，就像一个永远也探索不完的世界，我很难想象它会藏身于何处。满园那么多的虫子，独独那条极丑的，却是让我心有所怀。

好多天之后，终于再次相遇，依然是在土墙之上。只是它所伏之处，头顶的短栅上已无蝴蝶停留，它却依然伏在那里，不知疲倦般。我仰头看，许多只蝴蝶在园子的上空飞舞，却没有一只在它面前停驻。可它并没有下来，它的身体明显长大了许多，长出了一些看起来很恐怖的绒毛。终于，有一只蝴蝶在短栅上极短暂地落了一下，便翩然而去。又过了好一会儿，虫子终于向下爬了。我目送着它回到地面，消失在墙角的草丛里。

有一次看到它时，我叫来姐姐，问姐姐它能不能变成蝴蝶。姐姐仔细观察了一下，很肯定地说，能，那种花蝴蝶就是它变成的！从此，我也在心里充满了希望，想看看如此难看的虫子是怎样变成那一朵会飞的花儿。

夏天深的时候，园子里的许多虫子都已经飞翔了。又是许久没见到那条虫子，我看着那些飞舞着的蝶，努力想从灿烂的一些中找出它的影子，却是毫无所得。有一个上午，我在园子里寻遍了角角落落，它就像凭空消失般，没有一点痕迹。

最后一次邂逅却已是在夏天快结束的时候。当时我正在园子里摘一些成熟的菇茑儿，便忽然在墙角看到了它。它的颜色变得很深，就像泥土的颜色，伏在那里很难发现，僵然不动。心里顿时涌起一阵惊喜，这是变蝴蝶前的征兆，先是不动，然后身体里鼓起，最后裂开，钻出一只蝴蝶。我一时忘记了别的事，专心地看着它，它一动不动。许久，我怀疑它死了，便用树枝轻轻地碰触了一下，它的身体微微地抖动了一下，我这才放下心来。

只是直看到太阳西下，它也再无动静。过了一夜，再去看，它依然在那

里，还是昨天的姿势。我知道它死了，再也没有一双翅膀带着它去飞舞，它的生命和夏天一起结束了。小小的心中涌起莫名的伤感，当多年后许多梦想破碎，我总会想起它爬上墙头仰望的样子。

一条虫子伏在我的希望里，身体里在挣扎的，是一只如花飞舞的蝶儿。

与光阴对坐

常常有那样的时刻，静静地坐在小窗之后或斜阳之下，风儿淡淡，草木默然，心里有着一种极细微的感触，恬然中带着易感。每一个轻轻的波动都如琴弦轻颤，在心灵上奏出舒缓而绵长的旋律，仿佛周围的时光都漾着涟漪，宠辱皆忘，万虑俱宁。

就像去除了所有的羁绊，脱离了所有的桎梏，世界与生活既在身外也在心里，在身外遥远，在心里温暖。于是，感悟于一沙一石之细，动情于一草一叶之微，心儿从没有这样柔软过，就像一阵若有若无的风都能在上面留下印痕。

其实，凡尘劳碌，每个人都在生活中匆匆来去，操不完的心，忙不完的事，那样静坐的片刻，也只是可遇而不可求。身畔熙攘嘈杂，心里忧烦拥挤，而那难得的静默时刻，就成了最为留恋的清宁。虽然只是短短时间，却成了生命中的后花园，灵魂憩息于其中，远离尘嚣，就像奔跑的长路上短暂的休息，却发现路旁绽放的最美的花。难得的一瞬，却释缓了长久的疲惫。

有时会想起李白的《独坐敬亭山》，那相看两不厌的，不是敬亭山色，应该是我们一直在匆忙中忽略的时光流淌。很是眷恋那样的场景，在小窗后坐拥流年，满庭花草轻轻摇曳，打开的书卷放在窗台上，暖暖的阳光透窗而入，照着我微笑的脸。那时我刚刚步入社会，还没有体会世事艰辛，每天的空闲时间，看书、独坐、默思，光阴的脚步在心上留下一个又一个生动的足迹。

以为会很长久的悠然，却在日复一日的奔走中，心上渐渐蒙尘结茧，很难日日感受那种来自心灵的宁静。一个中秋节的夜里，家里亲人团聚，热闹至极，忽然收到一条短信，遥远之处一个朋友发来，她说她自己坐在河边看月亮，很静，很美。忽然想起，似乎已经很久没有看过月亮了，即使在这个月圆月美的夜晚，嘴里说着月亮，却也想不起出去看一看。是啊，现在的我们，连抬头的时间和心情都没有了。

于是那个夜里，独自走出家门，在小河边，看月亮渐渐爬上天空。澄澈浑圆中，仿佛心化清辉弥散天地，无远而不至。原来，最美的光阴一直都在身畔，等着我们与之对坐，可我们却极少停下匆匆的脚步。及至回头时，却发现时过境迁，光阴的河流中，却一直不曾去徜徉，却已经风尘满面、鬓染秋霜。不是光阴辜负了我们，而是我们辜负了光阴。

所以，当看到别人一刹那的失神，我会心生羡慕，我知道，那是一个人最美的时刻。是的，那样的时刻，心上的尘埃飞散，心上的茧壳剥落如花，只有时光淌过，淌过微笑的脸。

给自己寄一封信

前几日，很意外地，在收到的多本杂志中间，竟有一封信。那是一封真正的信，四页普通的稿纸上，写满了龙飞凤舞的字。一个多年前的朋友，在信中说，她近日重读了雨果的《悲惨世界》，很有些新的感悟，然后，便是她再读这本书时的种种感受。

思绪飘飞如云，多少年不曾有过这样的感受了。那时还是大约二十岁的年龄，特别喜欢看书，而且通过看书，结识了全国各地好几个志同道合的朋友。我们常常通信，谈各自的读书体会。因为那个年代没有网络，没有手机，除了看书，就是盼着收到信。读信的时刻，有一种幸福充盈在心间，那是多年以后不再有过的体会。

朋友的一封信，瞬间点亮了所有的昨日，那些最珍贵的情怀。忽然无比怀念那样的时刻，阳光透窗而入，照在我的脸上，就那样半卧着，看着一本书入神。看到某处，便忽然心动，起身，在身旁的笔记本上，记下自己那一瞬的感受。待得看完，便写信数封，寄给那些朋友，仿佛放飞了一次次幸福。

只是，现在却很少有有那样的看书时刻了。我知道，许多人已经不再买书，想看的，都可以在网上找到。虽然，我一直保留着看实体书的习惯，特别是每天睡前，不翻上几页书，即使再困，也难入眠。可是，我却很少再记些读书笔记，就算读到心动的句子，或者某一句触动心灵，也只是一时心动，过后便不复想起。

收到信的那个下午，我翻出了以往的那些读书笔记，它们在岁月中已尘封了近二十年。透过时光的阻隔，那些泛黄的笔记，竟是撞击在心底，在遥远的从前，我竟是有着一颗如此易感的心。可是，如今在世事中蒙尘的我，却再也找不回最初的美好心境。

看书都没有了最初的心境，更别说写信给朋友分享那些得失了。甚至，有多少年不曾写过信了，也已经数不清。在通信高度发达的今天，有事可以电话，可以短信，可以邮件，那么多的方式，瞬间便将问候送达。可是，在这个午后，却是万分地想念曾经写信盼信的情境。那是一种无法取代的情怀，在那用心书写的每一个字里，无不深藏着心中的种种真诚。

有时候，有了写信的冲动，竟是不知该寄给谁。曾经的朋友虽然常联系，可是，若要寄信，竟是不知道地址。那个朋友在信中说，她因心情不好，去了一个亲戚家散心，很偏远的山区，穷困落后，手机没信号，电脑没网络，幸好带了许多书。她便在没有羁绊的情况下看书，渐渐地，凡俗顿忘，竟有了年轻时的感觉。她说，她就极想像当年一样，把自己的感受告诉朋友，幸好她带的一本书里，夹有我曾寄给她的一张贺年卡，便知道了地址。她说，她步行到十公里外的镇上，往邮筒里投信的时候，有着一种时光重叠的感慨。

用心地看书，真诚地写信，已成为遥不可及的过往。每天的空闲时间，都是在网上度过，有时回想起来，却是空虚无比。即使在网上看书，也没有当初拿着本书在夕阳下，在长风流淌中，那种字字入心的情境。而那些真实的信件却再也没有了，可以反复地展读，一遍遍地体会另一颗心在读书时的种种，也不知何年何地消失于无形。

而在这个阳光暖暖的日子里，却有着那么强烈的冲动。看了一本久违的书，心中欲要倾诉的许多，化为字句于稿纸上。写罢，却一时彷徨，欲寄无人。可我依然找了信封，把信装入，来到邮局门前，那里有着很少有人问津的绿色邮筒。轻轻地把信投进去，就像放飞了多年前的那种希望。

是的，我把信寄给了自己。除了自己，我不知道寄给何人。

气味的印痕

（2015—2016年浙江省温州市七年级上学期期末诊断测试语文试卷阅读题）

有些没有形质的东西，往往会于不觉间在心上留下不可察的印痕，只在多年以后，在某些酷似从前的情境里，蓦然触动，才唤醒了所有的昨日。比如气味，一生的记忆中，仔细回想，似乎很少有留下印象的，可是在某些时刻，一缕似曾相识的气味，便会引出难忘的人和事。

就像有的人一闻到某种气味，便会想起儿时母亲做的某种食品，便会记起那段岁月的深情。我小的时候，外公是木匠，每天都在外屋的空地上打造着各种木制品。那时一进门，便是满屋的木屑味儿，不同的木头有着不同的气味，平时闻不出来，当它们在锯子下流淌出粉屑，清新的气味便飘满了屋子。外公几乎每天都这样忙碌着，那些木头的气味伴随着我的成长。后来外公去世，那些木头便没有了，气味更是消散了，而我家也搬到了县城，更是远离那些树。那种气味在生命中渐远渐淡，直至遗忘。

直到十多年以后，有一次我偶尔经过一个空房子，便闻到了熟悉的木屑味儿，那一瞬间，忘了迈步，就像时光深处飘来的一缕水气，便让我找回了曾经失去的温暖海洋。想起当年的草房，想起屋里的散乱木头，还有挥舞着锛刨斧锯的外公，他的发上沾满了细碎的木屑，仿佛只是刹那间，这一切便如轻烟飘散。原来以为淡去的，其实一直在心底。那个下午，我就站在那个门口，看着房子里的人打家具，一如看着我永不再来的童年。

其实，有时候也不一定非要到多年以后才会蓦然发觉。我家附近有一个中药店，不知哪一天起，下班时总能看见一个十一二岁的男孩，背着一个书包坐在药店门前的台阶上发呆，也不知想些什么。有一天我实在忍不住，便去问他。他说，他每天放学后来这儿坐会儿，就是为了闻药店里熬中药的味儿。他记事起，妈妈就一直卧病在床，每天都喝着中药，他也每天给母亲熬中药，后来，妈妈去世，他也像一下子长大了。再后来转到新的学校，那一天放学后路过这里，闻到了熟悉的中药味儿，他一下子想起了妈妈，所以，每天放学，他都会来这里，闻闻曾经的气味，想着妈妈。

也想起曾经认识的一个人。他在一个偏远小镇的中学当教师，患了绝症，住院之后依然没能留住生命。弥留之际，家人问他有什么心愿，他说，他只想再闻闻粉笔的味道。家人从附近的商店买来粉笔，他就在熟悉的气味中微笑着离去。也许，那一刻，他只是想从那熟悉的气味中来怀念曾经的讲台岁月，来最后纪念不再重来的洁白时光。是的，悠悠的粉笔香，染白了他的发，也将他的生命洇染得清澈无比。

真的，就在我们的生命中，草气花香，寻常烟火，那种种不同的气味，都可能记录着一份感动和怀念。那些气味，总会有一种在我们心里刻下无形的印痕，盛满着眷恋，也是心灵憩息的花园，累了倦了时，或不期而遇时，为我们献上一份不期然的美好。

人不如故

一般发出这种感慨的，多是在前行时很孤独的人。虽然身畔熙来攘往，却不敢去近某颗心，更不敢去接受某些人，所以特别怀念曾经的那些人，那些在生命深处曾经温暖过自己内心的朋友。

《乐府·古艳歌》中说："茕茕白兔，东走西顾。衣不如新，人不如故。"表现的却是另一种怀旧，虽然一个弃妇被故人所负，依然想着故人，却没有更多的抱怨。我们看到的，却只是一种执迷不悟，或者是一种无悔。总之，不管怎样，都有着动人心魄之处。也许，在我们心底，曾经的人，都是永远如最初般完美。

更多的时候，我们念念不忘曾经的人，其实是在怀念一种曾经的心境。那也许是很美好的一段岁月，有着让心儿自由栖飞的种种美好。没有风雨侵蚀，没有沧桑变迁，身前身后都是无忧的流风流云。而那些人，恰好在那里，便成了我们回望时的一种温暖。

当如水光阴漫过来路，那些飘摇远去的容颜，都定格成心底无法替代的风景。那是镌刻在心上的最暖印痕，总能在长路长夜，焐热生命里那些猝然而至的苍凉。所以，那些时光深处的人，那些逝去的所在，就成为每一次回首时最美的家园。

只是，长长的一生之中，能有多少人陪着你直到终点？那一条路上人来人往，一如风雨起落，也许，能同行一段，就是一种莫大的缘分。而在同行之中，能在心底留下深深的想念，便是一生的回味。人不如故，那是经历了时间之后的真实感受。而那些汹涌奔向眼底的，如日月流年般匆匆的人们，也会有让我心动并真心去结交的，就是常说的一见如故，如故，依然对比着曾经的人。

也总听人们说，但见新人笑，那闻旧人哭。仿佛故人变旧人，都失去了所有的好。就像乐府中那个弃妇，扔掉她的那个男人，虽然是她一直惦念着的故人，可是，她在那个男人心里，只是旧人。也许有一天，当带来新奇的新人变成了旧人，而曾经弃掉的旧人便会在心底复活，成为念念想着的故人。不管岁月多久，总会在心里翻新成最好的那一个。

那些迎面而来的人，或擦肩，或相望，或相忘，却总会有一些，走进我们的眼中心底，然后，等年华流逝，等待天各一方，等待彼此在记忆中凝望成暖暖的思念。于是，新人变故人，变成一种守望。或许不会时时记起，可是总会在某些无眠的夜里，在某些酷似从前的雨夕花朝，会想起彼时彼刻，那一个在身边的人。

有时候，我会倚在窗前，看大街上的人潮，那些来的、去的、驻足的，在他们的心里，也都会有着可以想着的故人吧？如此，即使风尘满面，即使沧桑浸染，心里也总会有着一处最柔软的角落，生长着美好。

人不如故啊，不是新人不好，不是新人没有情感，而是那份情还没有经过时间的发酵，还没有酿就一种可以回望的幸福。新人终会变成故人，所以，迎向某些人，近某颗心，爱某些人，也许有一天，就会成为回忆的幸福。

纸上留香

记得多年前，在舅舅家的墙上看到一幅字画，四个篆体大字“梅馨入梦”，虽然当时尚是冬天，我们那里也没有梅花，却依然从四个字间感受到了一种若有若无的香气。那不是墨香，而是少年的心中第一次生发出来的意境和想象，从此那四个字便印在了我的心上。

读初中时，有一阵子很盛行一种带有香气的信纸。那时我们常常写信，或是给远方的亲友，或是在杂志上看到的作者，而且那些好看且带有香味的信纸，被折叠成不同形状，蕴含着不同的意思。那时也曾收到过这样的信，展读之际，淡香盈然，伴着字里行间的温暖，心儿便无比的宁静和欣喜。

现在想来，那是纯真年代最朴素的一种香味，却是遥远得不可追溯。回忆那些书来信往的时光，即使是最简单的信纸、最简短的问候，也在生命中氤氲着无尽的香气，淡雅悠长，一如那些如月澄澈的年华。那些写满思念与思绪的信，就像我们的青春一样，一去不回。在这个通信没有距离的年代，我们失去了等候的味道，也失去了在小窗前、在阳光下，捧读远方来信的芬芳心境。

后来读书渐多，知道了唐代女诗人薛涛，也知道了她发明的“薛涛笺”。那是一种深红色的纸，可写信，亦可题诗，又叫“浣花笺”，就像李贺诗中说，“浣花笺纸桃花色，好好题词咏玉钩”，想来就让人神飞无限。我觉得，薛涛制于浣花溪畔百花潭边的红笺，虽美在其色，更重要的，是其所蕴清馨，未题字句而先成意境，所以历来为人所钟爱。

中学时有一阵子疯狂迷恋上书法，因为当时有个老师是书法家，给我们看过他的不少获奖作品，毛笔字各体皆佳，一下子镌刻进心里。当时有几个伙伴一起练，找来许多旧报纸，闲时便写，乐此不疲。那时满室充盈着墨香，还有我们欢快的笑声。随着学业的加重，书法渐渐地远去。闲来写上几笔，却是无由的烦躁。那么多年过去，有时想起曾经泼墨挥毫的岁月，便有着一种沧桑感，我知道，我不可能再有那么单纯而无忧的心境。也许，在走过的成长之路上，除了悠悠的墨香，什么也没有留下。有一天，在网上看到当年一起练书法的同学的博文，她却是迥然的心境，她写道：岁月和心情都远去，可是，我却没有辜负当年的那些旧报纸。

没有辜负当年的旧报纸，是啊，那些纸上，曾写下我们多少青春的梦想，留下我们多少稚嫩的情愫，一如初开的花儿，清香满溢。那些香气，那些梦想，那些时光，只有曾经的旧报纸知道。

有一次在一家旧书店买回一箱子书，翻看时才发现，其中竟混有一个古老的日记本，塑料皮儿，中间还有彩色插画。上面的字迹已经变色模糊，就像隔着岁月的尘烟。便饶有兴致地阅读，那是一个女生的日记，记录着少年的心事，多么简单的时光，多么朴素的成长。是的，那个时候，我们就是用笔来和自己说话，对着日记，将满腹之言倾吐。于是想起自己曾经记过的几十本日记，它们就放在故乡的老家里，那一刻，有着一种回头看看的冲动。

前一阵子回老家，翻箱倒柜地找自己的那些日记，却是杳无踪迹。可能父母搬家时，不知失落于何处。满心的怅然失落，那是我从小学到大学的所有

日记，现在，想从当年的心事中重温一遍成长也空如一梦。那些年留在日记上的字，也会有着一种香气吧？就像偶然得到的那本女孩的日记，虽隔着漫长的岁月，却依然洇染着我的心境。我希望，我的那些日记，也会偶尔温暖一个人的回望，好能在这个纷繁劳碌的世间，有着片刻的宁静与恬然。

忽然发觉，似乎已经许久不曾提笔写字了，习惯了触摸键盘的手，对纸笔有着畏惧与陌生。那个夜里，偶然一梦，自己仿佛还是少年时，拿着毛笔在旧报纸上写字，写下的每一个字都开出了一朵花，就像当年那些纯真的笑颜，于是梦里一片芬芳，于是醒来时的眼中心上，有着浅浅的濡湿。

看天地如洗

雨停之后，树会下雨。儿时不厌的游戏就是在雨后的树下，摇落满天的水滴，淋湿了所有童年的无忧。晴好的日子，邻家的女孩子，会站在树下，眼巴巴地看着天，等着下雨，等着雨停，等着摇树。

那个时候，我们常在无边的大草甸里，追逐着只属于那个年代的快乐。忽见一片乌云正向头顶游来，便纷纷跑向不远处的一棵树下。我们就躲在那棵树下，等着一场雨的到来。看着雨的脚步从远处而来，雨瞬间笼罩了天地。树的范围之外是大雨，树下是小雨，只是几分钟的时间，雨便过去。大家便突然开始踹树，大大的水滴密集而下。

邻家的女孩子通常是被淋得最厉害的一个，当她去摇树时，树上已经没有了一滴水。然后，她的眼睛开始下雨。有时候，她终于等来了一场雨，身边却没有人，于是，树上的雨只能滴到她自己的头上。那么多年幼的夏天，她就在盼雨的心思中走过。

那时从没有想过，在以后那么长久的路途中，树、雨，还有人，是我怎

样的期盼与等候。

有一次，实在是觉得她可怜，看她在雨晴后自己站在树下，便走了过去。她用力摇树，结果一场小雨飘落，我们两个都被淋湿。她高兴得不知道跑开，多一个人和她淋雨，她的眼睛就晴了。

就像多年以后，我和邻家女孩在陌生的城市，在校园的树下，她的眼睛下着雨，却不是我所等待的。那样的一场雨后，就散了所有的相伴，剪切掉共同的情节，只剩下童年的雨滴，还在从青翠的树上不停地洒落。情感的事总是如云般不可捉摸，不过想来留下的，总是美好，就像雨后的天地。

当那些清纯的情节过去，当沧桑漫卷，却发现，许多以为平常的事物，竟是难得周全。想想儿时的时光，那些大雨中，我们寻找一棵树，并不一定是为了避雨。更多的，我们只是想在树下的小雨中，在某种倚靠中，看天地如洗。更主要的，是雨停后的回味，那些从树上飘落的水滴，是雨的第二次生命。可是，现在，我们常常在雨中奔走，却再也找不到那样的一棵树，能让我们驻足，能让我们从容地欣赏雨的韵味。

或者，我们看到了那棵树，也身在树下，却是晴朗的天空，等到心都倦了，也没有等到一场雨的莅临。同伴们纷纷离开这棵树，当只有你自己的时候，你也终于离开。总是在离开后，身在途中，一场雨突如其来，那棵树在回望中早已遥远。

也会有一些时候，在树下，雨也来了，却总是觉得少了些什么。四顾间才发现，是少了某个人，或某些人，同你一起欣赏风雨。当没有人同你一起摇落树上的雨，当那些雨滴只淋湿了自己，才知道，没有人分享，欢乐也是孤独的。

我总是会想，在我们的生命中，那棵树、那场雨、那个人或那些人，到底是怎样的存在，代表着什么？或许每个人的那棵树、那场雨、那个人都不同，就像面对同一场雨，不同的人有不同的情怀。就像那个在我生命中，眼睛曾下着雨的女孩，我知道，她依然会等在树下。她停留在树下，风景却纷纷路过她，就像她一直在行走。

所以，珍惜每一棵树，不管有没有雨在飘落；珍惜每一场雨，不管有没有树在身畔；珍惜每一个同你一起看雨淋雨的人，不管有没有离散。如果这样做了，也许遗憾会少一些，温柔的感动会多一些。

其实，我们也许只是倚在梦想的树上，想念一些旧时的人，等候一场过去的雨。

曾在树后偷偷看你

听一个朋友讲他大学同学聚会的事，喝酒之后，大家都大胆地说一些上学时没来得及或者不想说的话。他当时说，最怀念校园里的那棵桃树，无论是花开时节，还是大雪飘飞。因为，他当年经常在那棵树后，看着一个女生静静地走过，走过他的眼睛，走过他的青春岁月。他一直也没有告诉大家，那个女生到底是哪个，在他的心底，那是他永远的珍藏与温暖。

忽然心有所动。想想我们年轻的时候，有多少的暗恋如开在心底的花儿，摇曳着只自知的百般滋味。我记得高中时班上有个男生，家在农村，住校，我们发现他总是偷偷地看一个女生。那个女生极优秀，是城里学生，长得美且学习好。他暗恋着她，几乎班上每个同学都知道，可他却没有一点的不好意思。每天依然努力学习，依然沉默。后来，他考上了很好的一个大学，毕业晚会上，大家问起他暗恋的事，他竟是有些茫然。他说，也许是一种暗恋，也许是一种自卑，他总是偷偷地看她，更可能是想通过努力，让他有一天能大大方方地看着她吧。

上大学的时候，我也曾暗恋着一个女生。在那个年代，暗恋是很常见的事，有时候不想去表白，是怕被拒绝，从而丧失了暗恋的那份美好。虽然那种美好的背后，有着太多的无奈与心痛。那几年里，我就看着那个女生，看着她安静地学习，看着她默默地来去，再看着她有了属于自己的情感，每日里柔情似水，心里依然很淡然，仿佛成了一种习惯，每天欣赏着一幅悠远的画面，不想走入其中。学校的后面是一条小河，我常常独自一人坐在河边，看着从图书馆借来的书。或者冬天时，岸边冰雪覆盖，便在雪上乱画一阵，然后离去。第二天再去看，一场新的雪已经将旧日的痕迹抚平。

有时候，我觉得，这种很静的暗恋也很美，并没有太多的苦，就像是心灵的一种寄托，不扰人也不扰己，仿佛看着一朵花儿的开放，只是在那里美丽着。而有的人的暗恋，则是很痛苦、很折磨。大学时，班上一个女生暗恋我们的班主任，她压抑着自己，又不想让别人知道，每天里都仿佛背着一种负荷。我们是在许多年后的聚会中才知道此事，而那时，她回忆往事却是满脸的幸福和释然，就像说着别人的故事，而自己，只是一个回望时的旁观者。不管怎样的一种暗恋，在时光的流逝中，都会还原成一种遥远的幸福。那一段光阴，只淌过自己的心上，带着自己梦想的温度。

似乎每个人少年时，都曾在心底有一个眷恋的身影，一如年少时光里一抹最美的风景，也是多年后的回望中，永远存在的一种最清澈的情感。我大学毕业的时候，离校的前一天，收到一封匿名的来信。不知是哪个班的哪个女生写的，她在信里说，不知多少次偷偷看着我的身影，看着我站在树下，看着我坐在河边，不知有多少心事写满我的心上，让我是那样的孤独落寞。那么多的日子就在这样的凝望中流走，终于毕业了，她不想让自己有遗憾，于是写了这封信，想让我知道，曾经有一个人，一直默默地看着我。

心里忽然充满了感动，看着外面即将离校的人群，也不知哪一张容颜是信中的她。原来，我在默默看着别人的同时，也有人在悄悄地看着我。可

是，有多少被暗恋的人从不会知道，背后曾有一双温柔的目光，抚摸过她们的身影。

那是多好的一份心事，写满了年轻心中的感动和深情。曾经岁月里那棵开满花朵的桃树，会记得自己的守望，也会记得载满所有青春思绪的日月流年。而那满树的花朵，就像我们无怨的凝眸，美丽而芬芳。

低头遇见美

（2014年安徽省语文中考模拟试卷阅读题）

有些东西，只有低下头来，才会发现它的存在，或者它的美丽。就如尘埃之中，那些被忽略的闪光之珠，又似回首时，眷恋着的，总是那些不经意间走过的寻常点滴。

在夏日的山岭间攀爬，至顶，四望都是起伏峰峦，长风浩荡，单调的苍凉与沧桑漫卷心头。只是一低头的刹那，见谷间丛丛簇簇的灿烂，那些幽幽的花儿，就在这样不期然的时刻，与我的目光猝然相逢。于是，高处的寂寞与孤独消于无形，那些年年开且落的幽谷之花，把一种心绪点亮，把一种感动暗放。

有的人，在境界上，或者在道路上，远迈众人，于是有了高处不胜寒的喟叹。其实那只是一种性情上的缺失，他们过多地注目于自身的高度，从而错过了许多开在尘埃里的花。可那些在低处默默的东西，却是无比的宽容，它们就在那里，我们只要低下头，就会与美好相遇，它们就会给我们一种全新的心境。

有一年去一个大草原的深处，碧草连天，极远极淡处，天之蓝与草之绿交融于一处。驰心骋怀间，为无边的绿而震撼，也为其无涯而感到怅然。此情此景之中，极想看到一点别的色彩，来缓冲那种万里的单一。同行的旅伴却惊喜地叫："看，脚下的草里有花！"于是都低头，那些狭长的草叶间，生长着一种不知名的小花，没有指甲大，黄白两色，此时却是如此地装点着我们的眼睛和心灵。

而更多的人，更像那些深谷之中抑或草叶之下的小小花朵，终其一生的平凡，就像那花儿一样毫不张扬，湮没于芸芸众生之中。可是，我们却很少有人抱怨，其实也并没有什么好抱怨的，只要能努力开出自己的花，即使再小再素淡，也是芬芳美丽的一朵，也会在某个时间，落入别人惊喜的眼中。如此，就足够了，就算无人用温柔的目光把那些花儿轻抚，只要绽放过，就是无悔。

每一个生命都是一朵花儿，每一个生命也都是一个赏花者。我们在行走的匆匆里，不忘时常低头去看那些朵朵的美丽，同时也努力让自己的生命芬芳四溢，期待在某天，映亮一双落寞的眼睛。

相互洇染，相互温暖。我们与那些花儿的距离，我们与那些美好的距离，其实只隔着一低头的空间，只隔着一低头的瞬间。

冬日暖阳

（2014年云南省保山市春季初二下学期期末调研考试语文试卷）

在这极北之处，一进入冬天，阳光就成了奢侈品。随着太阳一天天遥远，让人分外怀念夏日时的炎炎，记忆里却全没了酷热之感。

初冬和冬残的时候，阳光最好。当天气渐冷，第一场雪飘落不久，虽然并未能在大地上停驻一片洁白，可是寒意已经悄然涌动。穿着半厚的衣衫，晴好的日子里，行走在门前的公园里，便可见到一些背风处，许多老人坐在那儿，惬意地沐浴着暖暖的阳光。

我也曾学着他们的样子，在一处大墙的拐角处，坐在倒木上。北风被阻挡在别处，阳光一下子将我拥抱。坐在那儿一小会儿，便觉全身暖透，是那种一点点渗进心底的暖，通通融融，看寒风从不远处掠过，这一角的无风，便是极好的所在，只与阳光相拥，享受这如此可贵的阳光。

当几场大雪落下，冬天深了，外面便再难享受那么好的阳光了。满地积雪，将阳光反射成寒光，即使无风之处，也是一种凝固的冷，一如呼吸间久不消散的白雾。这个时候的太阳，要在玻璃窗后坐拥。一层透明的玻璃，便将阳

光的温度点燃，静静地看书，偶尔抬头，外面依然冰封雪盖，而身上却暖如春日，旁边的几盆花依然开放，便有了很虚幻很美丽的一种错觉，仿佛冬季只是路过，并没有影响到窗后的流年。

冬天快要消逝的时候，阳光也渐暖起来，大地上的雪在冬季的边缘缓慢地燃烧，渐渐地失去了光泽，只一片黯黯的白。于是，在家里躲了许久的老人们，又开始出现在公园里。那些背风的角落，又成了安享的去处。此时的阳光又与初冬不同，因为它在日日地变暖，渐渐地把风打败。此时在阳光下，那些暖意是从心底涌起，透出体外，与阳光相融，在周围萦绕。

我也怀念曾经的火炉火盆，已经消散于记忆的长河，很难再见到。它们在我的回望中，也如冬日暖阳一般，在心底永远散发着热量，穿过那么多的时间和空间，依然让我心里感动如春。是的，火炉、火盆，还有曾经的那些笑脸，都是我生命里的太阳，每当寒冷的际遇，它们就默默地温暖着我，让我远离那些苍凉。

总是在寒冷的日子，才会珍惜难得的阳光。如此想来，寒冷也是好的，能让我们体会到一直忽略着的美好和存在。平常的日子里，有一些我们熟视无睹的，其实一直都在将我们温暖，比如亲人的牵念，比如背后那些凝望的目光。而我们，总是在艰难时，才会让心与那些一一相遇，也总是在走过寒冷之后，便再次遗忘。

而更多的时候，我们也要学会在寒冷的际遇里，找寻到属于自己的暖阳。如此，才会在漫长的冬季里有着希望和美好，心里的灵动才不会让风霜冻结。愿在未来的每一个冬季，我都会拥有那暖暖的阳光。

独怜

少年时，常去小城西南，那里有一座古老的钓台，高高耸立，连着一段古老的墙，斑斑驳驳，满是时光的印迹。墙下一带矮堤，斜坡上满是摇钱的榆树。堤下是呼兰河故道，依然有水盈然，却已是死水无源。呼兰河早已改道他方，涛声遥远。

我喜欢在夏日的午后，走上那条堤，阳光被如墙的树阴切割成一地的碎影，除了清风浩荡中的鸟鸣虫吟，余无他响，下面的水亦是默然。此处远离城区，人迹罕至，草木恣意生长。在钓台旁的大墙上平整处，依稀可辨一些题字诗句。我曾长久地默立于此，去读那些字，虽满是沧桑漫漶的痕迹，却常让我悠然神飞。不知那些诗句出于何时何人，那些旧时风月，只有一坡摇钱绿树知晓，却又是如此无言。

那么多的青春时光都是在此度过。曾和人说起，别人都是一脸惊讶，本来，那个地方在许多人眼中是极阴森的。可是，我却爱极了彼处，甚至眷恋于芳草丛中不知名的荒冢。或许我爱的只是那一处寂静与沧桑，若是游人如织，

我并不会日日流连。多年以后，当故土千里，回想，自己的青春却如台下流水般默然，如满目青草般荒芜，如一坡绿树般寂寞。

客居在这个群山环绕中的城市，世事风尘，奔波劳碌，青春逝去如风，甚至连怀念都是那么少。只是闲暇的时候，常常步入群山深处，那里有一处极幽静的山谷。四望皆是满山的树，谷中开着一些不知名的野花，在一条潺潺溪流的两畔。我常独坐于溪畔石上，看着水底的小小游鱼，有时会想，自己若仰卧在水底，去看那一方蓝天，会不会如隔着岁月看所有逝去的美好？时光如水般在脸上流过，那么多的往事，看得分明，却无法触及，已成为生命中不可追溯的圣洁遥远。身侧的野花默默开放，连蜂飞蝶舞都透着无边的幽寂。“涧户寂无人，纷纷开且落”，像极了我所向往的生活，心似浮云，意如流水，却无往不在羁绊之中，徒余一叹。

其实，就算身处红尘之中，亦可寻到自己寄心之物。我有一个朋友，在他家中的阳台上，放着一个大大的盆景。一整块石头刻成的群山，极为逼真，峰岭宛然，甚至有流水不停地穿山过岭潺潺而下，山上也有草木点缀，极是清幽。他闲时便静坐于此，面对千山万壑，凝神小桥流水，或者于明月之夜，神飞于丛林茅檐之下。他笑言这也是一种归隐，虽是画饼，却可充心灵之饥。每日坐罢，重入尘世奔忙，心中却是清冷无比，充盈着一种生机。

想来已有二十多年没有去过故乡的那个钓台，只是在旧日梦里，还有着当年的晨风夕月，有我的青春在那里流浪。每次回乡，我竟不敢再去那里，我怕与自己的青春相遇，我怕我尘封的心和猝然的目光，惊飞栖息在那里的所有美好。

后来听家乡人说，钓台要重新修建成一个公园，心中没有惊喜，却是满怀的落寞，我知道，心中的钓台永远也回不去了，一如年少时的光阴。可是，我却会一直在心里爱着，一个人爱着。

孤赏

总有那样的时刻，独自倚在窗前，凝望风中的一棵树，却是悠然神飞，仿佛把它看到很远很远的一种境界中去。而心也是极为平静，所有微小的起伏都会触动柔软的思绪，便觉处处美好。

常常记得，在失意的时候，便总想独处，而独处时的种种却成为日后回想起来的最美时光。有一年秋天，在一个遥远的山村当一个代课教师，就住在破旧的学校里，每个傍晚，坐在校园的树下看书，都是曾经读过的，可是在这样的情境中，竟是有着不同的味道。当夜幕垂下，便抛了书，看黄澄澄的月亮从山顶爬上来，晚风中飘荡着从山林间传来的清新气息。本来躲到这天涯一般的地方，只是为了逃避，却没想到与那么多怡然的种种相遇，没想到与自己的心灵相遇。

于是想起苏轼的拄杖闻潮，想起他眼中的孤鸿之影。那样的境遇中，却是如此一颗沉静易感的心，世事的不如意，却没能扼杀他心中静静的美好，是一种希望在生长。而独坐于敬亭山上的李白，在与一朵闲云的相望中，逸兴如风，宠辱皆忘，平静中的心底波澜，化作流传百世的诗章。

夏天的时候，无事时常去极深远的山岭中，一路只有自己的空山足音。在山谷里，开着许多未知的花儿，长年罕有人至，它们只是静静地开谢。我很庆幸能与这些花儿相逢，我知道，它们并不一定在意我欣赏的眼睛，它们只是在丰盈着自己的春秋一生。

有的时候，有些美丽，只能自己去欣赏。一如斑斓的梦境，只能自己体会其中意味。道与别人听，终是差了许多，就像一颗晶莹的露珠，只会与一颗濡湿的心相遇。若是心上蒙尘，只会看见一丛乱草，数点水滴。是的，只有在心灵敞开的时候，那些美好的种种才会悄然光临。在红尘劳碌中的我们，常常疲累至极，偶尔独处，放下生命中的负荷，才会在眼中心上迎来直入灵魂的美。

同样，人只有在独自的时候，才会真正看清自己。剥尽心上的层层桎梏，就会看见最初的感动。于世事风尘之中，我们常自迷失，只有那样短暂的时刻，才能接触到心中的方向。所以，更多的时候，我们更应该去走进内心深处。就如无眠的夜里，悄悄漫上来的诸多静美的回忆，一下子点亮所有生活中的黯淡。

就像那些深谷中的花儿，它们应时而发，艳极则谢，并不在意尘世中的眼睛。它们独自美丽着，纷纷开且落，多么丰美而洒脱的轮回。忽然想起那些默默的人，他们无争无恼，自在一生，那样的心境，也许正是追名逐利的我们向往却又无法企及的。赏自己的内心，过想要的生活，那样的生活并不一定富足，却是与心情有关。那是一种自己的生活，不在意别人的目光，是独自的欣赏与满足。

多年后的一天，忽然收到一封邮件，是当年我在那个山村当代课老师时的学生发来的，她说，那个时候，还是小学生，家离学校近，每天傍晚，都能看到老师在树下看书的身影，后来去山外上中学，上大学，常想起那个场景，就像一幅画一样，那个身影常给她一种温暖的力量。

忽然明白，独自的时候，在别人的眼里，也是一种风景，甚至会有一种穿透人心的感染力。

忽然落泪

（2015年贵州省安顺市初二年级期中统一考试语文试题）

列车飞快地穿梭于东北大平原上，我们坐在窗后，看那些村庄城镇依依而来又飘摇远去。渐渐地，车速慢下来，正经过一个小小的村子，正是黄昏，斜阳挂在每一家的檐角。对面的一个朋友，一直痴痴向外望着，蓦然，她便落下泪来。我知道她六岁就进了福利院，成了孤儿，也许这个村子，酷似她遥远记忆中那个温暖的地方。那是永远回不去的时光，永远回不去的所在。

一次在朋友家，他正翻箱倒柜地找一本书。书箱书柜里的书全堆放在地上，我便同他一起找。忽然，从一本很旧的书里，发现一张照片，一个女子抱着一个小孩，便给他看。他一下愣在那里，良久，他去看照片的背面，有一行字，只看了一眼，他便失声痛哭。他自幼便被告知母亲远在外地工作，然后他随父远离故土，而母亲却从未回来过。而父亲在他十岁那年，突发脑出血去世，连话都没来得及和他说一句。他的生活从此艰难，也曾在心底怨恨着母亲。我看见了那一行已经模糊的字迹：“孩子，妈妈舍不得你，可是妈妈的病已经治不好了！”

和同事去一个陌生的城市出差，以前曾听他说过，那里他曾经停留了许

多年。一个傍晚，我们一起散步，便随他走到火车站附近的一条街上。他忽然停住脚步，站在街旁的一棵树下，瞬间泪流满面。回去的路上，他告诉我，在十几岁的时候，母亲带他来这里寻找父亲，父亲没有找到，母亲便带他在这里乞讨，就在刚才的那棵树下，母亲也最终病逝于此。当年的那棵小树，如今已经粗壮了许多，远远地回望，在暮色苍茫中，像一个温暖的身影。

一个朋友给我讲前些天发生的一件事。周末，阳光大好，她便准备下楼去晒被子。她便叫一直坐在那儿玩电脑的儿子帮忙，可是儿子没有听见，便只好自己往楼下抱。下了楼，将被子搭上的时候，她忽然就哭了。再上楼的时候，儿子看见她脸上的泪痕，忙道歉，把被子抱下楼去，说以后妈妈叫他，再也不装作听不见了。她对我说："我不是因为儿子而哭。我搭被子的时候，一下子想起了我妈，那次她也是要晒被，喊我帮忙，我正入神地看一本书，便装作没听见。我妈就是在抱着被子下楼的时候，突发心脏病去世了，我一直恨自己……"

有一年去宁夏探亲，在西去的火车上，与邻铺的老者聊得十分融洽。老者神情中有着一种期待和兴奋，他年轻时便在宁夏工作生活过，回到内地有三十年了，常常梦回曾经挥洒过青春汗水的地方。他给我描述那里的美好，那里的天高云淡，滚滚黄河在贺兰山下流过，清风万里。我只是静静地倾听着，为老者的那种思念而感动。天亮以后，老者已早早地坐在窗前的小座上，外面是广阔的西部大地。我也向外望去，风沙遮天蔽日，贺兰山只余一道浅浅的影子，许多个炼焦厂错落分布，大烟囱里涌出滚滚的浓烟，仿佛在封闭的车内都能闻到一种味道。我看见老者落泪了，凝望的眼神中有着一种复杂的情绪。我不知他是看见故地的激动，还是看见如今污染的心痛与失望。

人的一生中都有过那样的时刻吧，某些事件或某种情绪，一下子击中心底最柔软的角落，泪便轰然而下。忽然流泪的时刻，是一个人卸去所有面具与伪装，最真实的时刻，也是最美丽的时刻。

镜中白发

总觉得刚刚接近四十岁的人，应该不会有白发的。第一次发现，是照镜子的时候，看见鬓角处的几根很明显地闪着光，并没有太多感受。可是，竟是越来越多，直到有一天如雪般落进猝不及防的眼里。

有时会有一种错觉，镜中那人并不是自己吧，都说镜中是虚幻世界的投影，也许那是另一个人，在另一处渐老。可是，多年不见的友人相见，都会惊呼：“你怎么这么多白头发了？”便心下凛然，他们眼中的我，应该是真实的吧。

回想起来，仿佛少年儿童的岁月并不遥远，似乎昨天还是年轻气盛，怎么生命的秋霜瞬间就染白了昨日的发？想想曾经的时光，一下被沧桑挤远，远得极不真实。或许，白发的我才是真实的，而那些鲜活过的流年，才如镜中般虚幻，能看得见，却不可碰触。

一直以为，女人最怕白发。美人辞镜花辞树，连镜子都不敢照了，那必是青丝变白发了，可是这也如花辞树一般，是不可阻挡的事，所以自古有多少

曾被日日临照的镜子，最后被闲置生尘。美人未至迟暮，便已不敢再度揽镜，随着第一根银丝的出现，便一脚踏进生命的苍凉。

却忽然想起一位老大娘，她曾是我的邻居。每天的清晨或日暮，都能见她悠然地走进门前的水上公园，她的头发已经全然白了，在火红衣服的映衬下，很是耀人眼目。偶尔遇见，打过招呼，目光从她的发上掠过，仿佛掠过一个人一生的际遇。

一个夏日午后，我去邻家借一本书，老大娘独居，家里有许多古老版本的书籍。那是我第一次走进她的家，她当时正坐在窗前看书，戴着花镜，阳光透窗而入，她的每一根白发都在闪着细密的光。时光仿佛在她周身静止，只有阳光、白发、书卷。我挑书的时候，她便站在镜前梳头，所有的发丝都流走于梳齿间，我竟是一时看得呆住。

她淡然一笑，说："全白了！这样多好，以前看到里面偶尔的一两根黑的，心里就会被触动。多奇怪，更早的时候，在满头黑发里看到一两根白的，也会被触动。只是完全不同的感受，一种是怀念，一种是感慨。现在多好，全是白的，看着清净！"

老大娘在头发全白之后，反而愿意照镜子。我想，在看着镜中的满头白发时，她的心里应该是静而软，那是一种历经世事的通透，一种走过风霜的平静宁和，心如明镜，看得见所有的美好、所有的感动，纤毫毕现。

后来，我的白发越来越多，掺杂在黑发里，远远望去，如一层朦胧的轻霜。很多人都劝我去染了，我都没有为其所动，想想自己的年龄，也该到了白发的年龄，虽然多了些，可是早来晚来都是要来的，那么，就顺其自然吧。就像不可阻挡一场雪的飘落，就在雪中尽情地享受别样之美。

这样一想，再面对镜中的自己，便坦然了许多。头发变白，只是极为自然的现象，或许与心情经历有些关系，可是，我依然不太相信书中所说的一夜白头。既然是自然的，那么，我们所有加进白发里的种种颓然，便都可抛去。

什么可怜未老头先白，什么鬓先秋泪空流，什么多情应笑我早生华发，白发无辜，却承载了我们太多的心事。却是羡慕那种劝酒梨花对白头的洒脱，羡慕鬓微霜又何妨的豪迈，白发，同样可以飞舞成风中的风景。

如此想来，镜子更是无辜的。它只是如实地展现着我们的变化，镜中人儿，镜中华发，如若不能点染自己的眼睛，那么，我们的心中定然是黯然。于是镜面失色，眼中只有那一丝一抹寂寞的白。

回想那个午后，邻家大娘窗前阳光下看书的情景，已成心底一个暖暖的背景。白发的芬芳，其实更是内心恬然的外放。一如走过的岁月，都会还原成最初的纯净与洁白。

流年里最美的单车斜阳

有一个很深的夜里，忽然便梦见了遥远的时光，骑着单车，去几公里外的学校去上晚自习，夕阳满天，将我骑车的影子涂抹得悠长。醒来时，窗外依然是这个客居城市初夏的夜，黑暗包围着我，可是心依然在被梦境或记忆里的夕阳抚摸。一种软软的痛，痛中带着幸福和甜蜜。多希望世事风霜只如一梦，在醒来的此刻，依然是十几岁的年华，扑面而来的青春和阳光，将一切梦魇一扫而空。

回首间光阴如古老的手撕日历，化作片片并不连贯的过往，如蝶纷飞，不经意地触动，便惊起一地昨日的黄花。那时我拥有的第一辆自行车，是姐姐的。姐姐出嫁的时候，家里给买了辆自行车，那个年代，自行车也是较为贵重的物品。当那辆车子到了我手里，我也曾一度极其爱护，只是时日一长，它在我呼啸的青春里，便渐渐失去了光彩。日复一日地骑它飞奔，便没有了最初的感动与呵护，一如想珍惜却最终辜负了的美丽时光。直到有一天，它丢失了，才想起所有的好，现在想来，少年时也曾丢过几辆自行车，却只有第一辆，常让我感叹。

最喜欢夏日的傍晚，绿蜻蜓翩舞于云天之外，骑上单车，直奔校园。河畔有一条平整的土路，我喜欢从那里经过，长风吹过水面，带着潮湿的凉气，还有岸边杨柳淡淡的清芬。那时和班上一个女生很要好，很纯很真的好，常常在自习的时候，她传来纸条，说想出去看看落日。于是偷偷溜出来，骑车直奔河边。她坐在后面，总是哼唱那时流行的歌曲。现在想来，那些当年很红的歌，早已成为了经典老歌。前一阵子，走在街上，听一个商店里播放那首《九百九十九朵玫瑰》，我竟站在那里良久。

我们坐在石堤的台阶上，身旁是垂进水中的柳条，目光掠过满河流水的灿烂，去看远远的西岸，那一轮将沉的红日。身后的堤顶上，自行车斜支在那里。我们亦是无言，只是看着天边不断变幻的色彩，任晚照将我们轻喜悄愁的心跳撞击得通红。那个夏天，我们就常这样坐在河边，任思绪各自飞扬。那时的我们，就像两只悠悠的白蝴蝶，在芬芳如茵的草地上，翩翩地飞。

许多年以后的一个晚上，在网上闲逛，在一个陌生人的博客里，发现一张卡通图片，小河流水，石堤垂柳，晚风斜照，坐在一起的少男少女，还有那一台单车，那一瞬间，心仿佛被什么温柔地击中，就像穿透岁月的石子投入时光的湖，心间泛起层层叠叠的回忆，像当年身旁柔柔无言的柳在河面漾起的绵绵眷恋。

成长总是让人猝不及防，仿佛还没来得及回味，一切已飘摇远去，成为那一片不可碰触的圣洁遥远。而汹涌着奔向眼前心底的，却都是繁华世间不被预料的种种，茫然随之载浮载沉，让沧桑漫卷额头心上。我不想说，那是一段无悔的岁月，因为，有那么多的话，还没来得及说，对那个坐在我单车后面的女孩说。可是，细想起来，似乎并不知道要对她说些什么，有过那样的情境，

就足够，就像她在我单车后唱的那些歌，虽已泛黄，却回味更浓。

是的、是的，就算无法一一重来，就算记忆会蒙尘，却永远是我心底感动的源头。多想在如旧的黄昏里，让单车碾碎一地夕阳，让熟悉的歌声仍在耳畔，那么，我的心，定会滚烫如初，我的泪，也会甜蜜幸福。

朵朵生香的夜

又是一个如旧的长夜，重复着一成不变的种种，不停地打字，不停地在头脑中编织着故事，窗外的黑暗被灯光挡在不远处。忽然心里便无由地烦躁，竟再也写不下去一个字，仿佛平时压抑着的，此刻全随夜色弥漫开来。

这个时候，一个好友在网上发来几张图片，全是盛开的花树，在这个时候，我所在的东北之北，依然冰封雪盖，而她那里，却已经春花如锦。一如穿行在季节的缝隙里，顿生天遥地远之慨。而那些花的形象，也穿越了千山万水，在这个寂寂的长夜里，在我眼中，开出了春天的温暖。

在这个依然有些寒冷的春夜，看着那几幅花儿的照片，心里的烦躁也渐渐消散，只余夜的静与美。便也不再写文章，看着屏幕上的那些花儿，忽然想起曾经的许多个夜晚。记得某年的一个夏天，阳台上的几盆杜鹃开花了，还有着许多骨朵。那个夜里，便突发奇想，想看看一朵花儿到底是怎样开放的。于是，就那样静静地与几盆花对坐，月光把花影印在侧面的墙上，形成一幅轻轻摇曳的画面。那些尖尖的花蕾，顶部已微微张开，向外微吐着淡淡的香气。于

是心里有了浅浅的温柔和温暖，就像窗外远远的月亮。

后半夜的时候，花蕾们的小嘴已经张开，像一只只倒挂的铃铛，正在一点点释放着美好。那个夜里，我一点儿睡意都没有，就看着时间用无形的手指一点点打开那些花蕾。当第一缕霞光映红了窗棂，花儿便几乎全开了，仿佛打着呵欠从长梦中醒来，芬芳流动。在无人知晓的夜里，它们就这样默默地努力，把美丽和馨香写进早起之人的眼里。

我知道，以后再也难遇见那样静而美的夜了，其实，是我再也难有那样静而美的情怀了。只是，有着这样一份回忆，在这样的静夜里想起，也是难得的温暖与眷恋。

有一年，一个秋天的傍晚，我去一所大学拜访一个老者，从他那里出来时已是星月满天，微凉的风流淌着校园里不知名的花香草气。在这样的夜里，行走在大学校园中，仿佛时光流转，我竟不敢疾走，怕惊飞那些正在苏醒的往事，它们就栖息在身前身后。天上一轮满月，清辉四溢、片云微度，越发静谧澄澈。穿过那个大操场时，地上如积了一层空明的水。忽然看见两个人站在看台顶端的边缘上，手紧握在一起，抬头凝望那轮圆圆的月。在月光的背景下，如一幅静静的剪影。

刹那间，心里便软软地似要滴下露来。多少年前了，酷似眼前的秋夜，在这圆圆的月亮底下，也曾如此宁静而美好。只是，当年执手相望的人，早已散了牵手的缘。也曾有过怨怼，也曾有过失落，甚至好长的时间内，月亮在心里从未再圆过，也再也没有了当初的夜晚。可是现在回想起来，只觉得无边无际的美好与温暖。我知道，此刻我的脸上，一定荡漾着最清澈的微笑，一如晚风中流动的花香。

一生中有多少那样的夜晚，能让我们心里涟漪如花，能让思绪芬芳如月？

那个遥远的冬天，刚读高中的我们，决定去参加班主任的婚礼。我们出发的时候，已是下午，当时天还很晴，虽然很冷。我们坐在车里，在旷野的公路上，看到一轮极美的落日。在一个小镇下了车后，我们一时茫然，只记得一个村庄的名字，却不知路径，只好找人打听，然后，便步行踏上一条铺满白雪的小路。

十八里的路，冬季天黑得早，五点多钟，夜幕就垂了下来，如哪个女神的长发。又飘起了雪，我们跑跑跳跳的，大地上的雪将夜色映得如梦如幻。有个同学肩上扛着录音机，放起了歌曲，于是我们全跟着大声地唱，声音附着在飘飞的雪花上，送入未知的遥远。每次回忆，那朵朵的雪花，就如我们圣洁遥远的青春岁月，在时光深处，恋恋地飞。

在这样一个依然寒冷的春夜，我却走过了从前的每一个在心底生香的晚上，困扰着的种种，全在氤氲的芬芳里融化，流淌成春天，在我心里驻一片芳华。心里开着花儿，不管与怎样的夜相逢，都会许我一枕香甜的梦境，然后，再许我一个明媚的早晨。

寂寞的人心里住着秋天

心里总是缠缠绕绕，像无数渐枯的藤，纠结着迎向西风，又如那些疏朗的枝，挥手告别曾经相依相伴的叶。虽然内心涌动着万般思绪，表面却宁然无比，如秋水深静，却流动着不为人知的种种。

有的人寂寞是真正的萧瑟。所有希望的生机都飘散于生命里，苍凉漫过，身旁的时光都如死水般，没有一丝灵动。即使周围是无边无际的春天，也不会有梦想萌芽，他们沉沦于凝固的岁月里，任风起云涌再不能触动心事。

而有的人寂寞，则是心里深蕴着力量。一如秋树之静美，虽然凋零了繁华，可是内心深处，依然酝酿着希望。沧桑掩不住深情，寂寞锁不住生命，这才是秋天的意义所在。就像墙角的一株枯草，在风里摇曳，明年却仍然会绽放一片生机。

却是见过那么美丽的寂寞。初来这座小兴安岭深处的城市，正是秋天，五花山色在远处斑斓着一片梦境般的美丽。有一次漫步入深山里，一个小小的村落仿若梦境绽放。村口，一个十一二岁的女孩正看着远山出神，当时正是午后，秋阳洒落着一片春日般的温暖。那个小女孩告诉我，她每天都要在这里看上一会儿远处的山，她还说很寂寞。这样一个小小的孩子，竟然也知道寂寞。我问她寂寞是什么，她说，就是看着山外发呆，想有一天能走到外面去，去看看外面的世界，这样想着的时候，就是寂寞的了。

小女孩的寂寞是一种希望和期待，也是一种收获。就如满山的树，红红的枫叶点燃了梦想，那些果子也已经馨香四溢。秋天，更是收获的季节，即使寂寞，也是收获，收获的是一种心境，一种美丽。收获是在寥落的背景上绽放的美好，冲淡了秋深凉重，洋溢着流淌的思绪。

在长长的路上行走，每个人都有寂寞的时候，那是一种人生的况味。孤独时会寂寞，失落时会寂寞，悲伤时会寂寞，甚至，成功时会寂寞，高兴时也会寂寞。寂寞如一枚秋天的叶，随风辗转，说不定哪一个时刻，就会落向心头。

所以，寂寞并不是人生的苍凉，更不是沧桑的叠影。寂寞的人心里，都住着一个秋天，若有温暖在，则果香四溢，芬芳满园；若无希望在，则暮霭沉沉，层云暮雪。或许寂寞只是一时一地的有所思，转身之后，便消于无形。可是，只是那样的瞬间，也是一种心灵的放牧，是一种回归本真的自然。

在这个如旧的秋天，我依然会有寂寞的时刻，似乎秋天是寂寞的故乡，可是，在这个故乡里，我会生长出美丽的希望，积蓄着温暖的力量。如此，就让秋天长住心底，那么，所有的寂寞，都会闪着眷恋的光。

第4辑
你是世间最暖的书

在晚上回家，就像从长长的夜里走向光明和温暖，家永远是等着我们憩息的巢。就像有人所说，因为喜欢回家，所以才要常离家在外。喜欢在夜里归来，踏着一地的思念，任这条路风雨起落，可在路的尽头，却有着一所房子，亮着一盏灯，和灯下牵念着我们也被我们牵念着的白头人。

杏花粉，红绫红

一

每年的春夏之交，南园中的杏树就会开了满枝的花，一簇簇粉嫩，在风中轻轻摇曳。当树上的花儿开得正浓，母亲就会买来两条红绫，系在两侧的枝上，打着美丽的蝴蝶结，就像系在女孩的辫子上，分外惹眼。

起初的时候，我以为就是这个风俗，可发现别人家的杏树却从不曾系挂红绫。也曾问过母亲，母亲只是笑着说："那一树花怪好看的，系上两条绫子就更好看了！"虽然并不能使我相信，可是凝望那两条在枝丫上飘动的红绫，确实也觉得美丽至极。

从我记事起，南园里就有这棵杏树，母亲就在开花时系上红绫，我十二岁的时候，那红绫已不知系了多少年。快秋天的时候，满树的杏子便金灿灿地成熟了，我摘下那些甜美的杏子都要先送给母亲。这也是多年的习惯了，极小的时候，母亲就告诉过我，这第一次摘下的杏子，一定要给她。我也很乐意，也希望母亲能吃上第一捧甜甜的杏。到最后杏子摘光，只余满树碧绿的叶，这时才会注意到，那掩映在叶片中的两条红绫，已在风吹雨淋中，黯然失色。

有一年，杏子黄的时候，我摘下最大的那些送给母亲，母亲很是高兴，只是她望向杏树的目光，似乎很飘忽。在那个夜里，我忽然醒来，便觉南园中有响动，起身隔窗去看，淡淡的月光下，母亲的身影正在杏树下，仿佛在挖土。我悄悄出门，在园墙外偷偷地看，母亲挖了一个小坑，把日间我送她的杏轻轻地放进坑里，然后再填上土。

第二天，我忽然问母亲："那么好的杏，怎么埋在树根下了？"母亲愣了一下，说："要想让树结出的杏子每年都这么甜，就得把先熟的杏子埋在树根下才可以！"我恍然。只是第二年的时候，我主动要去埋杏，母亲却拒绝了，说我太小，搞不清埋的深浅。

那时，我正在读《红楼梦》，看到怡红院里那株枯萎的海棠在冬月里忽然开花一回时，便很惊悚地想到，那海棠冬月不时而放是为妖异，所以凤姐送来红绸缠裹上，而我家的杏树，开花时母亲也系上红绫，是不是这树也生了妖孽？回想母亲种种怪异的举动，我不禁毛骨悚然。

当年年龄小，心里藏不住事，便把这些对母亲讲了。母亲听完，笑着打了我一下："你看书都看魔怔了，闹什么妖精？再乱说看我不打你！"

二

十四岁那年，我们家搬进了县城。离开的时候，正是五月末，杏树又已开了满枝粉色的花朵，那两条鲜艳的红绫依然在花间翻舞。母亲在树前站了许久，在我们的几次催促下才恋恋不舍地转身，却是仍自频频回望。当汽车拉着我们驶出小小的村庄，再也看不见故园，看不见那满树的灿烂，母亲竟哭了。

之前，要卖掉老宅的时候，由于我家房子大，园子开阔，所以许多人前来买。母亲不在乎别人出多少钱，只有一个条件，就是一定要留着那棵杏树。许多人不解，只有一个姓张的大伯拍着胸脯说：“大妹子你放心，我知道你在意这棵树，只要我活着，就没人能砍了它！”母亲感动得热泪盈眶，紧紧握住张伯的手说不出话来。

我在一旁看很是奇怪，虽然这棵杏树比我的年龄都大，但也不至于母亲如此照顾吧？那份感情竟能深到这种程度，真是难以想象。

在县城里，是我们从未接触过的崭新生活，便极度地思念曾经的家。于是母亲日日念叨着那棵杏树，我也不觉得奇怪，因为有时，我也很想念那棵开满花的树，想念上面飘扬着的两条红绫，就像想念自己的亲人一般，有着一种彻骨的痛与眷恋。

快秋天的时候，母亲回了一趟老家，只一天便风尘仆仆地回来了。我急切地问她老家里的一切，问院子里的那块大青石，问我常翻越的矮墙，问南园里的那棵杏树。母亲说家里一切都没变，那杏树上的杏子已经熟了，她还带了一些给我，吃在嘴里，却是觉得比哪一年都要甜。

母亲回来后仿佛轻松了许多，不再像以往那样总是若有所思。转眼到了第二年的春末，我们离开故乡已经整整一年了。母亲要回去，我也要求跟着，母亲却不同意，我恳求母亲：“让我回去看看吧，我想咱们的家了，也想咱家的杏树了！”也许最后一句打动了母亲，我终于如愿以偿，再度踏上了故土。

站在南园中，看着母亲轻轻地将红绫系在枝上，动作细微而轻缓，然后，她用手轻轻抚过那枝那花，一如轻抚着我的脸。那一刻，心中竟是涌起莫名的感动与感伤，不知为什么，或许是因为再不能生活在这个安静的院落里，年年看杏花开落。

我知道，去年秋天的时候，母亲回来，是往树下埋那些初熟的杏。

三

寒假里的一天，我在家翻找曾经的一些书籍，忽然就在一本书里发现了一张老照片。照片中的母亲很年轻，牵着一个七八岁小女孩的手，而那小女孩之于我却是陌生的。一瞬间，我似乎想到了什么，却一时又抓不住那一闪而过的念头。我坐在那里，看着照片良久，蓦然记起，以前在乡下的时候，曾隐隐约约听别人说过，我曾经有一个姐姐！

那个下午，我就一直坐在那里看照片，直到天渐渐暗下来，模糊了那两个身影。母亲回来后，我问："妈，我是不是有过一个姐姐啊？"母亲一瞬间呆住，直到看到我手上的照片，便接过去，深深地看着，嘴里喃喃着："真好，还有一张照片留下了，真好！"母亲泪流满面，我在她的泪水中明白，那个小女孩，真的是我的姐姐。

我竟真的有过一个姐姐！姐姐在这个世界上只生活了十年，就因病永远离开了。母亲说，姐姐是极懂事的孩子，五六岁的时候就已经能帮家里烧火做饭了。而且极聪明，还没上学就已经学会了一年级的课程。所以，在那个每家都有三四个孩子的年代，母亲便没有再生孩子。母亲笑着说："别看你一直学习很好，可和你姐比起来，差远了！"母亲虽然笑着，却掩不住她眼中深深的思念与悲伤。

姐姐九岁那年患病，从父母的神情中，她已经知道自己的病治不好了，于是央求母亲去邻家讨了一株杏树苗，亲手栽在南园里。她笑着对母亲说："等有一天我不在你身边了，你要是想我，就看看这棵杏树吧！就是不知道，我能不能吃到这树上的杏子了！"母亲抱着她，忍着泪，说："傻丫头，你年年都能吃到甜甜的杏的！"

第二年春天的时候，姐姐已经不能走动了。杏树也长了一米多高，有一天，竟然开出了几朵花。姐姐很是高兴："开花就能结果，我可能真的能吃到

杏子呢！”她让母亲抱着，在枝上系了两条自己的红绫子，俏皮地问：“妈，你看看像不像我？”

那几朵花尚未凋落，姐姐就离开了。树上的红绫仍在随风飘扬，而院子里再也没有了那个小小的身影。那一年，杏树并没有结果，那几朵花就如姐姐般，败落后什么都没有留下。

忽然明白，为什么开花时，母亲要在树上系两条美丽的红绫，而结果时，母亲为什么要将最早成熟的杏埋在树下。那棵杏树，已成为姐姐的化身，年年陪伴着母亲，在四季的轮回里，默默地春华秋实。

看着照片中姐姐甜甜的笑脸，心中有着太多的感伤与感动，我知道，如果姐姐一直健康地活着，这个世界上将不会有我。是姐姐的生命，换来了我的生命。泪，终于落下。

而姐姐，依然在照片中笑着，发上扎着两条美丽的红绫。

四

大学毕业的那一年，母亲已经白发苍苍。她找我商量，把老宅南园里的杏树砍了吧！她说：“我已经老了，再不能年年回去两次，给她扎绫子、吃杏子了！我怕以后她会被别人砍掉，你张伯今年也去世了，我放心不下那棵树啊！”虽然很不舍，还是陪着母亲回到了故乡。

那杏树越发高大，枝叶纵横，正是夏天，南风吹动每个叶片，就像喃喃的呼唤。两条红绫依然在轻舞，像欢快的脚步。母亲最后轻抚树干，就像隔着那么多时光的阻隔，抚着姐姐柔柔的发。我用一把尖锹挖周围的土，张伯的儿子也来帮忙，我们都小心翼翼，怕碰破哪怕一小片树皮。树终于倒了，母亲蹲在地上，将那些细小的根须都收集起来。

我和张伯的儿子费尽力气，将杏树用车拉到村西的河边旷野，又挖了很深很长的一个坑，将树埋下。母亲亲手在地面上堆起一个坟头，说："闺女，你不用再陪妈妈了，好好地睡吧，等睡醒了，妈妈就过去陪你了！"

姐姐去世后，因为我们当地的风俗，未成年的孩子早夭，是不准入土成坟的。姐姐的骨灰就被扬洒在村西的野地里，那时，母亲显得那么无助，如果不是这棵杏树，真不知她会年复一年地痛苦到何时。而父亲怕母亲睹物伤心，将姐姐留下的东西都烧掉了，包括所有的照片。所以当母亲看到我拿的那张照片时，是那样激动。

我和母亲在坟前坐了许久，心里有着很深的痛与怀念。直到夕阳西下，我们才起身，母亲说："闺女，好好地睡吧！你有家了，妈以后不能再来看你了，你睡吧……"

我也在心里默默地说："姐姐，我会年年来看你的！"

晚霞将坟头染得一片粉红，如春天时枝上的杏花。

我姐姐的小名，叫杏儿。

一本枯萎的书

（浙江省绍兴市2010学年第一学期高中期末调测语文试卷阅读题）

窗外的长风流淌过满树的叶子，每一片都摇曳生姿，载满了缕缕的阳光。阳光透过窗子照在那本书上，书在奶奶手中，她看得很专注，脸上有一种极恬静的神情，仿佛时光静止，如一只憩在花间的蝶。

从没见过爷爷长什么样子，记事起，就知道奶奶捧着那本书细细地看。后来年龄渐长，慢慢地知道，奶奶也曾是书香门第的大家闺秀。她读了几十年的那本书，是《宋词三百首》，竖版线装，通篇繁体字。我常想，那时的奶奶，也该如从宋词中走出的女子，盈盈如出水的莲，婉约中一抹深情。每次看过书，她都把书放进一个小木盒里，动作很慢，就像收拾一种心情，收藏一份记忆。那本书，从不让我们碰触。

奶奶不到三十岁的时候，爷爷就去世了，她带着几个孩子辗转如蓬。只是无论乱世兵戈，还是荒年流离，许多东西都已失落，却不曾弃了手中的那本书。真不知在书中，究竟有什么东西让她如此难以割舍离弃。我对宋词产生兴趣，与奶奶有很大的关系。

听父亲说，那本书就是奶奶的命根子。有一年老宅失火，奶奶不顾安危地冲进房中，将书抢出。此后，几乎随身携带，近年来见再无火灾之忧，才将其收入盒中。书已经极古旧，如那些泛黄的日子，可奶奶依旧用清澈如水的目光，一遍遍濯去上面岁月的尘埃。曾多次动过偷偷翻阅的念头，终是没有，我怕自己猝然的目光，会惊飞栖息于其间的那些往事。

那时我已经读了许多本宋词，《宋词三百首》更是熟记于心，只是不知奶奶的那本中，隐藏着一阕阕怎样的故事。偶尔也会寻愁觅恨填上几首，有时奶奶看见，便会一一标上出律之处。我想，她的词一定填得很好吧，问她，便笑而不语。

有一次，奶奶生病住院，夜里，我陪在她床前。寂寂长夜，她丝毫没有倦意，在昏黄的灯下翻那本看了几十年的书。每翻一页，都小心翼翼，似乎怕吵醒那些过往，又怕不经意触痛时光的裂痕。不知何时，奶奶睡着了，书放在胸前。我轻轻拿下书，给她盖上被子。夜静而长，终是按捺不住心中的冲动，悄悄拿起书，很轻很柔，就像捧起奶奶少女时的心事。

书虽然极旧，却极平整，连一点儿的折痕都没有。让我惊讶的是，书间的空白处，竟写了许多零散的词句，那是奶奶的笔迹。有的字迹年代久远，有的却新鲜如昨。逐一看去，那些词句虽不完整，却柔肠百结，如水之曲，如竹之幽，像一颗颗闪亮的珠子，穿透茫茫岁月，敲打在我的心湖。如“舟散月明，怕沐杏花风，念念红尘远，无踪”，又如“枕中几许清怨，世间一梦年华”，让人尽随离情别怨而轻喜悄愁。一字字，一句句，绵绵密密，补缀着断裂的华年，将曾经的沧海桑田展现于一片柔情之下。

只是，那个让奶奶如此千回百转、几十年来念念情深的那个人，会是谁？我想，不会是爷爷吧，爷爷是不识字的粗人，一直以为，他们的结合，也许正是奶奶所有忧伤的来源。奶奶不会用如此锦绣的文字来怀念爷爷的一切，我将书轻轻合上，放在她的枕畔，思绪如蝶翻飞，想去追溯奶奶远逝的

飘摇岁月。

奶奶是在一个寂静的凌晨去世的，那时，天上有一钩淡黄的月。透过她安详的容颜，我仿佛看见遥远的当年，看见她的青春红颜，青丝如思绪飞扬。经历了那么多的分散流离，无论怎样的际遇，她都不曾让心上生起层层的茧，在她生命最柔软的地方，依然满溢着最初的凄清与深情。

整理遗物时，我竟在那个装书的盒子里，发现了一本奶奶早年的日记。日记里，所有的心事都压成了岁月的书签。在少女的心中反复出现的那个隐隐约约的身影，越到最后便越清晰，竟真的是爷爷。原来，爷爷在奶奶的生命中竟是如此的完美而真挚，原来，情感的沟通并不一定非要那些纸短情长，原来，那本《宋词三百首》是爷爷送给奶奶唯一的礼物!

含着笑，带着泪，再次翻起那本书，每一页都如深秋的落叶般枯萎憔悴。可书里，那些奶奶写上去的词句，就如永不凋零的花朵。那些无边清怨，那些思念与眷恋，使得奶奶走过的所有艰难的足迹中，都盈盈盛满了一曲曲直入人心的骊歌!

一本在流年中枯萎了的书，已尘封了一段往事，而在流年中刻在心中的那份真情，却永远鲜活如初。

流转万里的花

少年时，去辽宁的四叔家串门，第一次见到了美丽的四婶。四婶是云南人，有着典型南方女子的气韵，这让见惯了东北女人的我很是惊艳。那个时候，四婶神情淡淡的，很少言笑，时常摆弄着一盆花草。

四叔是家族里的传奇人物，从十六岁开始就走南闯北，据说在外面也曾混得风生水起，最后虽然落魄归来，却是带回来一个很娇美的女子，虽然遭到祖父的排斥和憎恶，却是毫不放在心上，带着那女子来到辽宁定居。这个成了我四婶的云南女子，给我留下了很奇特的印象，在四叔家的那些时日，很少见到她笑过，眼里也只有着那盆花。当时那些细长的叶子正在脱落，四婶的眼睛却是亮了起来。几天后，叶子落尽，那些长茎顶上的花苞便慢慢绽开了，就像四婶日渐柔和的脸。只是我终于没能等到花儿全放，就离开了。

后来在沈阳上大学，假期时便常去四叔家。那时的四婶已经温暖了许多，毕竟孩子都十岁了，也常和我说话，只是绝口不提家乡。有时问起，她也不答。那花依然在，而且多出了两盆，当时狭长的叶子呈深碧色，却没有花。

我曾问过四婶花名，她说是红石蒜。四叔偷偷告诉我，当初那盆花是四婶从老家带来的，宝贝一样，刚来的时候，由于气候等原因，花差点死掉，四婶伤心得不行。后来费尽了心力，终于渐渐养活，这才算平静下来。

我也曾问过四叔，这么多年来，怎么不陪着四婶回老家看看，四叔却说，她老家早没人了，她也不愿意回去。我又问当时是怎么认识四婶并把她带来遥远的东北，四叔的神情却是难得地沉静下来，仿佛沉浸于往事中，终是低低叹了一声，没有回答。我觉得他们之间是有着故事的，只是到底是怎样的一个故事，却不得而知。而看到四婶凝视那些盆花的神情，我想她应该是想念着家乡的，想念彩云之南那一方水土亲人。

以前在家族里也听人议论过四叔和四婶的事，不过都是猜测，而祖父却恨声说："就是他，不是把人家骗来的，就是抢来的，倒是可惜了那姑娘！"而四叔和四婶却是始终再未回到家族过，祖父去世时，也没回来，仿佛祖父和四叔天生有仇一般。

大三那年暑假，快开学时，我提前好多天去了四叔家里。一进屋，就看到了那几盆花，正开得灿烂，如一簇簇火焰，映红了眼睛。所有的叶子已落尽，花瓣亦是狭长卷曲，几朵攒簇在一起，加上花朵间许多长长的红色针形花蕊四散，使得花儿团团融融，像燃烧的晚霞。四婶就站在花前，脸上带着浅浅的笑意，却又似透着一种莫名的忧伤。那个下午，我和四婶就站在花前默默地看着，忽然，四婶轻声说："在我家里，每到这个时候，野地里开得一大片一大片的，那时我才十七八岁……"她那飘忽的眼神望向远方，仿佛穿透时空，看到了当年那个在花丛间绝美的少女。

后来大学毕业，辗转各地，最后来到一个偏远的林区城市定居，竟再也没去过四叔家里。只是偶尔会想起那些美丽的花儿，还有四婶淡如远山却又云萦雾绕的神情。多年后的一个夜里，忽然无由地想念起四婶的那些花来，便在网上查找红石蒜，果然又看到了那丛丛簇簇的绚丽。仔细看关于这种花的介绍，才知它原叫红花石蒜，更让我惊奇的是，它有着一个更广为人知的美丽名字——曼珠沙华！是的，它就是传说中的彼岸花，红色彼岸花！

那些花开不见叶，叶生不见花，花叶两不见的情节，早已人尽皆知。可是我的四婶，不远万里，带着这样的彼岸花，现在想来，并不全是思乡之情。因为在花与叶的更替之间，眷眷恋着的永不相见的悲凉之情，究竟为谁一年一年寂寞地轮回？四婶的故事我永远也不会知道了，可是却在这个夜里，体会到了她那时的心境。

给四婶打电话，四婶的声音带着暖暖的意味："我们都挺好呢！你弟弟大学快毕业了，还处了个漂亮的女朋友，说是今年来家里过年，你也来吧，好多年不见你了！"问起那些花儿，四婶的言语中再没有幽幽之意："开得一年比一年好，已经十几盆了，你再来看，更美了！"

听了四婶的话，心里也是充满了暖意。我知道，岁月可以把一切还原成美好，四婶已经把那些过往慢慢地沉淀成一种幸福，回望时，只有微笑。就像那些曼珠沙华，悲伤的叶片落尽，便将幸福满满地绽放！

你是世间最暖的书

那时爷爷有满肚子的故事，也曾一度以为爷爷一定看过许多许多书，要不怎么一开口都是那些让我们流连的传说掌故？

最喜欢夏日的夜晚，家人都坐在院里的老榆树下，微凉的风从每一片叶子上滑落，爷爷的烟袋便点燃了满天的星光。通常是我们一群小孩子在叽叽喳喳一番之后，爷爷也已满足地吸了一袋烟，把烟袋锅在鞋底上轻轻地磕，然后再塞满烟丝。这个时候，我们就全安静下来，知道爷爷又要开始讲故事了。

暖暖的夜，亮亮的星，还有围绕着爷爷的我们，苍老的声音带着奇异的力量，回荡在院落里，回荡在我们心间。于是，那么多古老的故事，在我们心里生根。我们沉浸于其中，或惊讶，或迷茫，或惊恐，似乎每一种感受，都让我们眷恋，一如眷恋着那个温暖的身影。

多年以后，每次回望，心中都会有着一幅遥远的画面，低矮的草房、茂盛的榆树、满天星月、树下长长胡子的老人、几个神情专注的孩子。那样的情景就镌在心上，任岁月也湮没不了。

甚至在白天时，疯玩儿够了的我们，也会跑到田地里去，提着水罐，等待爷爷休息。太阳明晃晃地在头顶，爷爷终于从田间走出来，坐在地头的树荫下，衔着烟袋，不停地用草帽扇着风。我们聚拢过来，将凉凉的井水递上，然后等着爷爷讲故事。爷爷看着无边的田地，便能讲出一个神奇的传说。他心里的故事，就像这些大地上的庄稼，不知生长了多少。

上学以后，我们才知道，爷爷其实是不识字的，那时每条麻袋上他写上的名字，也都是照着无数遍才练会。我们终于问起，他的故事都是从哪里来的，他告诉我们，也都是听别人讲过的，听他的爸爸、他的爷爷讲的。原来，那许多故事，都是这样一辈辈流传下来，就像那些庄稼，一茬茬地生长，从不断绝。

后来喜欢上了看书，有时会在书中与爷爷讲过的故事相遇。虽然爷爷讲的并没有书中的具体，可是，总是觉得书中的故事少了一种味道，似乎少了那种氛围，少了那声音里的温度。当年，那些围着爷爷听故事的兄弟姐妹，最后都喜欢上了读书，我知道，那是爷爷的影响。

渐渐长大的我们，有时也会相约着跑去爷爷那里，听他讲故事。爷爷的故事也有重复的，可是我们依然听得那么投入，如旧的星光月色，如故的人儿，我们倾听着的，其实是一种怀念，是一种流逝时光深处的温暖。爷爷讲完，便会让我们也讲，于是，我们便讲着各自听到的新奇故事，在爷爷明灭不定的烟袋的闪烁中，他的神情就如我们当年一般专注。

十六岁那年，爷爷去世。而彼时，我们已搬进城里两年了，爷爷依然留在乡下。有多长时间没有过那样的夜晚了，有多长时间没有再听过爷爷讲的故事，而如今，爷爷坟上的草已经黄绿了二十四次，每次回去，都要在坟前待上一会儿，一如当年坐在爷爷身畔，被他的故事萦绕。

这许多年中，读过太多的书，包括当年从爷爷那里听来的各种评书野史，每一次相逢，无不重叠着过去的种种。其实，爷爷才是我一生中读到的最

早的书，也是最温暖的书。他给了我想象的空间，给了我无尽的希望，为我开启了一扇美好的门，从而才能让我在以后的无数岁月里，以书相伴，心里的梦想生生不息。

去年驾车回乡下，傍晚，云霞满天，驶过一个村子，看到在一个院子里，一棵树下，一个老人正给几个孩子讲故事。那一瞬间，在夕阳里，在车窗后，眼睛竟是不能自持地湿润。

夜归人

（2014 年安徽省安庆市中考模拟考试（二模）语文试题）

无边无际的夜，心里却暖暖的，连脚步声都同心跳一样急促，因为前方有一所亮灯的房子。在夜里回家，有着一种特别的感受。也许是暗夜与家灯的对比，便将心底久泊无依的思绪与那一窗的温暖相融，仿佛一直黯淡的际遇，此刻全被回家的心绪点亮。

遥远的少年时光里，有一次深夜回家的经历。那时还在县里住校读高中，很少回家，一个周末的晚上，便有一种强烈的回家冲动。于是便走出校门，此时已是夜里九点多，早没有了通往乡下的车，便步行走上四十里的路。正是盛夏，星光满天，出了县城，便是土路，两旁是茂盛的庄稼。空气中流动着清香的气息，便一直向前走。离家乡的村子很近的时候，要穿过一大片荒甸，阴森无比，还有乱坟无数。走到纵深处，恐惧便紧紧围绕在身前身后。向前望去，看见村里的点点灯火，便觉心中一暖，周围的荒凉也似乎充满了情趣。

当村子近在眼前，看着家里的草房，那在黑暗中的影子，就如山一般给

我无尽的安全感。推门进屋，扑面而来的灯光，还有父母惊喜中带着担忧的脸，却深刻在那一瞬的心底，在无数个未来的日子，那个情景都会在无眠的夜里潮起。

后来，在一个陌生的城市，在一个房子里，等待自己的父母到来。也是一个夜里，却是自己成了屋里的守候者，父母成了夜归人。那时，父母只是之前打了个电话，说这一天要到，并告诉不要接他们，来过好几次，能找到路。通信的不便，使得我竟不知他们坐什么车，几点到。只好守在家里等，直到夜幕长垂。此刻，终于知道那一种滋味，想想以前的多次回家，父母该是等得怎样辛苦，交织着盼望与担心。

曾有个同学，少年时，有一次和父母负气离家出走。在外游荡了几日，终于还是回来。他特意选在一个夜晚向家里走去，怕看见那些熟悉的人。也是一个小小的村庄，他一路心情忐忑，不知将要面对的是怎样的情景。他和我说："我一到家门口，听见院子里的狗叫声，眼泪一下子就流下来！"而他的父母，并没有责怪打骂，有的只是一种欣喜和心疼。原来，不管我们犯了怎样的错，那个叫家的房子永远敞开着温暖的门，等着我们的归来。

在晚上回家，就像从长长的夜里走向光明和温暖，家永远是等着我们憩息的巢。就像有人所说，因为喜欢回家，所以才要常离家在外。喜欢在夜里归来，踏着一地的思念，任这条路风雨起落，可在路的尽头，却有着一所房子，亮着一盏灯，和灯下牵念着我们也被我们牵念着的白头人。

站着睡觉的马

爷爷当年是赶着马车来闯关东的，那两匹马和爷爷的感情极深。我没有见过那两匹马，只是听爷爷的描述中知道了它们的样子。记事起看到的家里的两匹马已不知是最初那两匹马的多少代子孙了。

那是一匹白马和一匹红马，真真正正为我家立下了汗马功劳。儿时我曾仔细地观察过它俩，大大眼睛，长长的鬃毛，长得甚是威武。那时从没见过它们卧倒过，爷爷说马就是站着睡觉的，要是倒下了，就再也站不起来了。听这话时，我幼小的心中忽然涌起一种莫名的悲哀。现在想来，也不明白马到底是肩负着什么样的使命来到这个世界上的。

我常见爷爷骑着那匹红马出去，红马跑起来四蹄生风，大有天地任驰骋的气势。而白马则要安静得多，除了干活，就是站在那里一动不动。我曾问过爷爷为什么不骑白马，爷爷说："它倔，不喜欢人骑它！"正因为如此，白马干活要比红马多。可是我却喜欢白马，都说它性子烈，所以一开始我也不敢接近它。可渐渐地我敢走到它面前给它添草料了，它就那样抬头看着我，眼睛

深不见底。后来我敢伸手去摸它的脸了，它也不恼，有时还会用舌头舔我的手。于是我胆子越来越大，敢摸它的肚子，拽它的尾巴。有一次我竟爬上了它的背，它一开始还不动，后来我学爷爷骑红马时那样吆喝了一声，它就猛地一颠，我便摔了下来。可是我依然喜欢它，说不清为什么。

白马有一个好处，除了骑它，让它干什么都可以，所以村里人常来借它去帮忙。而红马却恰恰相反，只喜欢别人骑着它四处奔跑，一套上车它就立刻蔫了，也不用力拉车。有一次村里的黄叔来借白马，说他家的牛病了，而他要去后山拉石头。爷爷犹豫了一下，还是让他把白马牵走了。可是一直到天快黑了，也没见黄叔把马送回来。爷爷急了，带着我去后山找，在村口遇见了黄叔牵着白马。黄叔对爷爷说："拉石头时装车，山上滚下一块石头砸在马背上了，我带它去镇上兽医那儿看了，说没什么大事！"爷爷接过缰绳说："没事就好！"我看见白马的背上破了一大块皮，很心疼，便用手摸了一下，白马的皮飞快地抽搐了一下，我忙把手缩回来。

那天夜里，一家人睡得正香，忽然被院子里很响的声音惊醒。我们来到院子里，没发现什么异常。我飞快地跑向马棚，只看见红马站在那儿。白马呢？我向地上看，白马已经侧躺在了地上。我忽然想起爷爷说过的话，便带着哭腔喊爷爷，爷爷跑过来，当他看见躺在地上的白马时，忽然脚步变得缓慢而沉重起来。爷爷蹲在白马旁，用手轻轻地抚摸着它，我看见爷爷眼泪掉了下来。我知道白马死了，于是大哭起来。一般人家的马死了都会剥皮卖肉，而爷爷却不让，坚持把白马埋在了我家的南园子里。好长的一段日子，爷爷总是站在南园里默默地抽烟。妈妈说，家里的每一匹马死后爷爷都要老上几岁。

那年秋天，红马下了一个小驹，也是白色的，酷似死去的白马。我们都很喜欢它，它很是活泼可爱，不像死去的白马那样沉静。我几乎总是和它在一起，当它长到半大时，我就开始骑着它满村子跑了。小白马很通人性，似乎能听懂人说的话，我不高兴时它就用头在我身上蹭来蹭去的，还伸舌头舔我的脸，那样的时刻我能感觉到它的呼吸，有一种青草的味道。第二年冬天时，小白马已长得和红马差不多一般高大了。没事时我常骑着它去村前的甸子上溜上一大圈。有一次刚下过雪，我骑着小白马在甸子上奔跑，跑着跑着，小白马来了兴致，速度忽然快了起来，我只觉得雪花扑打在脸上麻麻地疼。忽然它一转弯又猛地一减速，我便从马背上向前射了出去。由于雪厚，下面又有一层干草，我并没有摔坏，刚想爬起来，看见小白马没有收住脚依然向我冲过来。我慌了，秋天时它刚钉上马掌钉，要是踩在我身上后果不堪设想。我吓得闭上眼，只觉脸上凉风一闪，睁开眼，它已从我身上跃过去，站在那儿看着我。我爬起来抖去身上的雪，此时小白马矮下了身子让我上去。回去的时候它只是轻跑着，像怕再把我摔着一样。

那年夏天的一个傍晚，吃过饭后一家人正坐在院子里纳凉聊天。忽然看见红马在马棚里猛烈地拉抻着拴在木栏上的缰绳，像疯了一样。爷爷看了一会儿，叹了口气，过去给它解开缰绳，打开了马棚的木门，红马走出来，直奔南园而去。爷爷把园门打开，它进了园子，站在曾经埋葬白马的地方，用前蹄不停地刨着土。过了一会儿，它仰起头长鸣了一声，便又走回了马棚，静静地站在了那里。爷爷一声不响地回屋了，我看见他的烟袋锅又在黑暗中一明一灭闪起来。

那天夜里，小白马的嘶声惊醒了我。我来到院子里，看见爷爷正站在马棚那儿。过去一看，红马已躺在了地上。从那以后，南园里便又埋进了一匹马，爷爷又苍老了许多 。

后来，爷爷无声无息地去世了，也是在一个夜里。想起爷爷操劳了一生，从没有真正地休息过，好好享几天福。就像他亲手埋葬的那些马一样，休息的时候生命便也到了尽头。

再后来，我家搬进了城里，小白马也卖了。那一天我哭了很久，也看见了小白马的眼泪。如今已十年过去了，不知小白马还在不在，也不知有没有人含泪将它埋葬。一切都不得而知了，只是在寂静的夜里，记忆中的马蹄声会敲碎我一枕的旧梦，让我在醒来时的清晨里，心中充满了怀念与感伤。

麻雀枝上飞

回忆如麻雀般乱飞，却带着几许怀念、几多愧疚。和那个年代的许多孩子一样，我曾用各种方法猎捕麻雀，让那一握的轻盈散尽飞翔的活力。

在童年的村庄，一年四季常飞不变的，只有麻雀，它们驻守在那里，一如今天的我，不管酷暑严寒，无论顺境逆境，心里都想着故土。田间地头，檐下枝上，草丛雪地，无处不留下它们的身影。它们成群结队，倏聚倏散，或栖或飞，为村庄增添了一份灵动。而我们这些孩子，用尽办法，来捕杀这些小东西。

我们只是用一些小孩子的办法，或者用弹弓，或在雪天用筛子扣，或在夜里在黑黑的房檐下用长钎子扎，这些方法，往往收效甚微。我曾看过至今让我回忆起来仍震撼的几幕。有一次在村外的场院上，未碾的谷子堆成高高的垛，黄昏的时候，麻雀们便密密麻麻地落在上面啄食。这时，我看见大人们支起一门古老的鸟炮在不远处，炮筒里填的是小米，这样打中了麻雀，才仍可以吃。一声巨响，小米粒飞散而出，射中整个谷垛，麻雀们纷纷落地，一次击落上百只。

还有一次，是在镇里粮库的烘干塔里。冬天的时候，一到晚上，塔里栖满了麻雀。一个亲戚带着我进去，用手电在空中四下里一晃，便听见无数的扇摇翅膀的声音，密集的鸟影纵横交错。这时，亲戚挥起手中一杆赶马的鞭子，那鞭子有着很长的皮梢，不一会儿，就抽落许多，地上密布了一层。

当时震惊、恐惧，完全没有自己用弹弓射了一天才打下一只时的兴奋。而且那个时候，我很少吃麻雀，并没有觉得有多好吃，打它们，只是为了一种男孩子的乐趣。秋天的时候，麻雀便多了起来，庄稼成熟了，每家的院子里都堆满了玉米，而别的鸟一般都飞走了，只剩下麻雀，还在村庄里飞翔着。我发现，麻雀不像燕子般喜欢站在电线上，它们更多的是翔集在树上，就像多年以后，我所有的往事都落在思乡的心间。快冬天的时候，南园里的两棵杨树，便成了它们的乐园，喧闹无比，但有异响，则轰然而散，如子弹射向四面八方。

那个冬天，邻家小妹缠着我，非要看看怎么在雪地里捕麻雀。当我们费尽心思，在园子里扫了一块儿无雪的地方，撒上谷子，支上筛子，远远地隐匿，手里紧抓着长长的绳子一端。终于网罗住一只，我们跑过去看，邻家小妹眼中闪着惊奇，她还从没有如此近地看过麻雀。我想把筛子掀开一条缝，伸进手把它捉出来，小妹却是不让，就是那样呆呆地看着。良久，她忽然一把掀开了筛子，那麻雀立刻飞起远遁。

自那以后，邻家小妹一见到附近有麻雀，都会高兴地说："看，那就是我曾经放的那只。"而今天的我，有时回首间，所有的过往从心上流过，也会欣喜地说："看，那就是让我快乐的一幕。"

在陌生城市的一个冬天，我住在一个平房里，院子里养着两只鸽子，我每天都会给它们撒一些粮食。这样，竟引来了两只麻雀，它们便毫不客气地在这里安身立命。时间久了，它们竟是不太怕我，和两只鸽子一样，有时会歪着小小的脑袋看我。邻家院子里有一株杏树，枝丫伸过墙来，成了两只麻雀的栖

息之所。雪后，我常常会看着枝上的爪痕发呆。而我在这个遥远的城市，也会留下这浅浅的痕迹，却不知会落入谁眼。

春天的时候，两只麻雀已经养得圆圆滚滚，在院子里笨拙地一蹦一蹦地啄着米粒。有时它们会毫不惊惧地飞上窗台，隔着一层玻璃与我对视。这两只麻雀，绝不会是故乡飞来的，更不会是邻家小妹放飞的一只，那些记忆中的麻雀，已如往事般，遁入岁月深处，不可触及。麻雀小小的翅膀，飞不过那么多的水阻山隔，一如我枕枕思乡的梦，也无法归去故园。便一声轻叹，而两个小家伙却悚然一惊，倏地飞起，落在伸过院墙的枝上，而那树枝，已开始慢慢变得淡青。

夏天还没有到来，两只麻雀便不告而别。两只鸽子仍在院子里悠闲地衔米，麻雀却已无踪。四顾，没有留下一丝曾经来过的痕迹。抬头看墙上的枝丫，只有东风在上面停留，寂寞地开满了粉红的杏花。我知道，有一天我也终会离去，与这段往事交集而过，就像冬天庭中的两只麻雀，在夏天不留一丝印痕。

我也知道，我的心终会如那段过墙的枝丫，时光在上面来来去去，长驻的，只是回忆时的温情，一如麻雀飞走后，留下满枝灿烂的花儿。

那些攀爬的蔓缠住我的心

黄瓜

那时南边的菜园里，真是热闹，春夏之交，蜂飞蝶舞，一片绿莹莹的欣然。在园子东边的中间，便是整齐的黄瓜架，那些嫩绿的蔓便爬在上面，勤快些的，快爬到顶端，更多的，是在中间盘旋。渐渐地有了零星的黄花，四下开着，一如那些零散的记忆，汇聚于多年后思乡的心里。

然后，那些小小的黄花便向前慢慢地移动着位置，后面结出小小的黄瓜来，花儿就顶在小黄瓜的头上。有一年的夏天，南园的黄瓜已经长成，翠绿着挂在架上。那个午后，家人都去田地里干活，我自己在家。这时，来了一个讨饭的异乡人。那是一个四十多岁的女人，很可怜的样子，说一口外地方言。家里没有别的，我于是去园里摘了两根黄瓜给她，她似乎是渴极，便那样大口吃起来。我定定地看着，只见她吃着吃着，便呆呆地看着手里的黄瓜，眼里竟淌下泪来。

那时很是不明白，一根黄瓜就能让一个人流泪。前年的时候，我偶尔来到一个乡村，当时故乡已在千里之外，近二十年没有回去过。当时也是夏天，我站在一家院墙外，看着菜园里那些童年熟悉的东西，便忽然了一种想要流泪的冲动。忽然想起当年的那个异乡人，忽然就明白了她当年的泪水。

故乡仍在记忆里葱茏，心绪也还在往事里漂泊，而乡愁，如黄瓜的藤蔓，缠缠绕绕间，爬满了我的生命。而我一如那顶着小花的黄瓜，身上满是点点的刺，柔柔地刺痛我温暖的思念。

豆角和倭瓜

南园的四周，除了几棵向日葵，便就是豆角了，架子高高的，整齐地排列，细细的蔓子带着那些心形的叶，缠绕其上。有的爬到了顶，那蔓尖还努力地向天空伸展着，意犹未尽。盛夏里，那些架上便挂满了各形的豆角，有的圆滚滚，还有扁宽的、直的、弯的，千姿百态，在风里摇着。

小时候，我是不喜欢吃豆角的，那时豆角是农村的家常菜，我常常暗自想：以后再也不吃豆角了。可是当我长大离家千里，当童年的过往变成豆角挂满岁月的藤，心境就不知不觉地变迁了。离家多年，那份乡思可以把当年许多的不喜欢变成怀念与眷恋。

倭瓜占领了南园的最南边，靠墙边的一角，起初只是疏疏朗朗地躲在那儿，长大后，便扩散开来。那些蔓满地爬行，勾结在一起，覆盖了很大一块地盘。那些叶子大而阔，很有层叠的味道。倭瓜花稍大些，也有些像喇叭的形状，黄灿灿的，开在叶子的缝隙间。

倭瓜长势极快，那些小小的仿佛昨天还是刚冒出来的果实，一转眼就长起来像盆口一样大，静静地躺在地上，扯得那些藤蔓扭曲往复。那份沉甸甸的重量，就像我今天翻涌心头的往事。故乡，永远在心底，走过那么多的路，也只是它延伸出来的爬蔓，牵牵连连间，总是那个魂牵梦萦的地方。

爬山虎

最灿烂、最温暖的就是满墙的爬山虎，那是一群永不知疲倦的精灵，或风雨满墙，或斜阳满墙，它们都在那里，斑斓着那些多姿的季节。那时每见花开，心里也如爬满了幸福的藤蔓，开着朵朵快乐的花。那朵朵喇叭状的花儿，向外吹散着芬芳和欢乐。

而如今，故乡水阻山隔，那些记忆里的花儿，全是呼唤的形状，让我的梦魂夜夜飞渡归去。梦里斑驳的院墙，开满了遥远的花朵，一如我怯怯的心，盛满了回忆的幸福。

睡在犬吠里的村庄

月亮升上老槐树的梢顶，晚风便把各家窗户里飘出来的梦吹拂得四处弥漫，在浓郁的庄稼气息里，寂静像一只慵懒的猫，躲在黑暗里，看不到身影，却无处不在。村庄随着人们的入眠而入梦，在忽近忽远飘忽的犬吠声里。

狗是村庄的灵魂，缺失了狗的村庄，即使生活着再多的人，也是少了一份生机、一种灵动，寂寥无比。每一扇柴门后，都会守着一条忠诚的狗，昼与夜在它们眼中更迭，日月流年在它们眼中流淌，吠叫声融入了这片土地，便生长出许多的眷恋。

悠长的夏日晌午，年迈的太阳蹒跚着爬上了屋顶，热情却是千百年来不曾改变。农田里劳作的人们抹着满脸的汗水，扛着锄头回到家里，当锅碗瓢盆的聚会结束，大家便都躲进梦里的阴凉，而村庄此时也躲进人们的梦里。狗们便蜷在门后或墙角，土墙院落在眼中渐渐蒙眬，只有两只耳朵时常抖动，如阳光下的爬山虎忽闪一下便开了花。也有年轻的狗不安生，吐着舌头四处游荡，似乎在寻找着一些传承于生命里的模糊记忆。

万籁俱寂，只有风悄悄流过房檐，送来偶尔的燕子呢喃。在这宁和的午后，狗们是最安静的时候，极少吠叫，也被阳光抚摸得昏昏然。远远望去，村庄在阳光下，在大地上，小憩于葱翠的环绕里，在狗们细微的鼻息中，无边的娴静和安好。

而在夜的怀抱里，在土炕温暖的碰触中，当梦境渐渐来袭，便会听得一两声狗叫，然后，全村的狗都叫起来。欲眠未眠之时，听得狗在院子里轻轻的脚步，仿佛童年母亲的手掌轻轻地拍落在身上。渐渐地，那叫声也变得遥远，终于成了美梦的亲切背景。梦极深沉恬淡，那些不倦的狗守着村庄的安宁，也守护着那些梦的幸福。在犬吠中入眠，人们、村庄，都是最美的一觉。

夜是狗的世界。它们一扫白日里的恹恹情态，精神抖擞，幽亮的眼眸如闪烁的星光。狗们眼里的夜晚是亲切的，没有了日间的喧嚣，整个村庄都是它们的领地。在兴奋之中，它们会此起彼伏地以叫声相和，互通声息。各家各户的围墙在夜色里消于无形，村庄成了狗的大家庭，它们的尾巴摇得星沉月落，它们的眼睛点亮东天的霞光，然后以安然的姿势守在人们梦的出口。

若是冬天大雪初霁的清晨，狗们会给早起的人献上一份惊喜，印了满院的梅花，记录着它们夜里的喜悦。天气晴好的日子，狗们会在朝阳下相约着跑到野外，在田野里追逐。在欢快地奔腾里，它们会倏然停下，一齐回头去看村庄，注视着家家的炊烟连接着氤氲的云霞。它们眼中闪过瞬间的迷茫，仿佛祖辈流传下来的使命让它们有了刹那的失神，村庄在它们眼中是亲切的，就如心底远远的梦境。

有了犬吠的梦是温暖的，有了犬吠的村庄是永远眷恋的家园，人们会一批批离开故土，狗们却一茬茬地老去，就像肥沃的田地里，一季季不知疲倦的庄稼。而在游子的频频回望里，狗永远是故乡的最柔软处，触痛着一年年的思念。便忽然明白，儿时，一个外出多年的人回乡，白发苍苍的他一进村，听见起伏的犬吠，为何就泪流满面。

一树樱桃绿映红

（江苏省东台市 2016—2017 学年八年级上学期期中考试语文试题）

若樱桃是我心里的点点星光，樱桃树便是生命中永不消散的一抹眷恋。那时邻家的南菜园里，便生长着一棵樱桃树，每当粉红的花儿绽满枝头，邻家小妹妹的笑脸里便漾满了春风的涟漪。那个时候，我就在树下，教她一笔一画地写字。

邻家那时极贫困，几个孩子都没上过学。而最小的妹妹，却很是渴望能认字看书，每一次我放学回来，她都要跑来看我写作业，就那样认真地看着，眼中闪着幽幽的光亮。她出人意料的聪慧，那些字，她都学得极快。夸她，她只是浅浅地笑，像风过水面。

樱桃树上的花儿落尽，嫩绿的叶片便悄悄地覆盖，就像换了一种心情。再近两个月后，樱桃便成熟了，起初只是星星点点，仿佛只是一夜之间，便繁密起来，在枝叶间随风隐现，更有许多浮出表面，一簇簇娇红，点亮着每一双凝望的眼。

这个时候，邻家小妹妹便会捧着樱桃送给我。那些珠儿般的红樱桃，就躺在她洁白的掌心，在阳光下，直入心灵的美。忽然想起，她曾问我会认得多少字，我说许多许多，就像树上的樱桃，数不过来。

二十五年过去，在这离乡千里的城市，当买下现在所住的房子时，惊喜地发现窗前竟有两棵樱桃树。于是有一种巨大的亲切感，仿佛故乡的气息，穿透重重的时光，轻轻地落入心底。于是每一年，在那两棵树的四季轮回中，将往事一次次唤醒，重叠着旧时光阴，一树红红的樱桃，都是无数的故梦凝结，幸福甜蜜。

从故乡的小村搬走的时候，我才十四岁，是一个夏天，微雨，邻家的樱桃树正是果实成熟的时候，回头看，那些红红绿绿被雨洗得越发清新，而我的心，却被洗得满是濡湿的伤感。邻家小妹妹的眼中也下着雨，她就躲在樱桃树下，看着我坐的车渐行渐远。

一树樱桃绿映红，是我心里离别的背景，还有，树下那个小小的无助的身影。

当辗转的二十多年消散于时光深处，当我们在这个城市里有了自己的房子，当那两棵樱桃树摇曳着走进我的眼睛，就像岁月的流水再度漫过心上，尘埃尽去。隔年的春天，樱桃树开花了，让我惊奇且惊喜的是，这两棵树，竟是白色的花朵。不是记忆中的浅粉，而是一种柔软的白，只有细细的几丝花蕊是粉红色，使得凝望间，在洁白之中闪过不易觉察的粉。

芬芳的洁白，仿佛延续着漫长冬季的回忆。却又是那样温暖，就像走过之后回望间的幸福，就像我在回忆遥远处的故乡时，心底泛起的温情。

然后，樱桃就红了。在这异乡，那些鲜红的樱桃点亮了所有的过往。在红绿之间，每一缕风都缠绕着我的眷恋与回忆，让我在遥远之处，在每一个四季轮回间，都能于小小的窗前，感受到故土的气息，心儿便漫流成河，成海，任幸福将我围绕。

夜车

夜幕挂在车窗上，便朦胧了一颗游走的心，夜车如深海里的鱼，周围都是深沉的未知。

火车就像夜里灵动的生灵，周身的明亮不停地划破着黑暗。而在车内，很少能感觉到夜的存在，除了昏昏欲睡的旅伴。躺在卧铺上，轰隆声远如隔世，窗帘阻挡着夜的弥漫。偶尔掀开帘的一角，目光与外面的夜色相融，只有偶尔的灯光划过眼睛。仿佛超越了沉夜，只是旁观一个梦境。

其实，我更喜欢乘汽车，公路延伸在黑暗里，比铁道更接近土地，更亲近夜色。汽车里通常不开灯，所以整个人也就融进了黑暗，车窗外，两旁的树影将夜点染得不再单一。如果夏夜，车窗微开，长长的风带着暖意，带着不远处庄稼的气息，扑面而来，仿若投入一个亲切的怀抱。有月亮的时候，我会隔窗看着那张澄圆的脸，它就跟着我们的车，变换着角度，冲我微笑。清辉洒落，将我的心洗得一片明净，于是夜色在眼里温柔无比。

甚至眷恋于汽车开过时的尘土，飞扬着一种故乡的味道。有时公路穿过林木，月儿高悬，仰望，如剪影般的枝上，鸟巢便以一种温暖的姿势进入心底最柔软的角落。有时驶过村庄，在深深的夜里，偶尔会有一两家亮着灯火，便将心底所有的过往映暖。便想着在那一扇窗后，在灯下，有着怎样温馨的场景。此刻，若是离乡，乡愁更浓；若是回家，心已先至。

而在夜里的火车上，让我回味的，就是睡在卧铺上时，那一种轻微的颠簸。熄了灯之后，车厢里一片昏暗。这样的时刻，才觉得与外面的夜连成一体，想起未熄灯时翻看的书，心思便极细极静。在轻轻晃动中，想起儿时的摇篮，更想起曾看过的夜航船，而火车的轰鸣也在遐想的心中渐远渐淡成流水的涛声。轻送我入梦的，就是这样的细微感触，虽身在漂泊，却是难得的宁静安然。

记起有一次，在寒冷的冬夜，我们一行数人乘一中型客车去另一处。已是夜里十点多钟，大雪飞扬，车就艰难地行驶在山间的公路上。在雪光之中，能看见山的沉影，还有那些树，这一刻，心思细腻得能捕捉到每一片扑落在车窗上的雪花。而外面更远处，北风伴着雪花旋转飘落。发动机的轰鸣于极静的背景中仿若沉默下来，有那么一刻，竟能听到路旁的树上，飞鸟被惊飞时翅膀摇动的声响。这样寒冷的山里，这样的雪夜，是什么样的鸟儿还在清冷地栖息？

最难忘的，依然是少年时，在暖暖的秋夜里，和家里人赶着马车去田里拉玉米。回来的时候，天已黑透，不远处村子里的灯火亮着直入心底的感动。父亲在前面赶车，我和姐姐们就躺在车上的玉米堆顶，马蹄声敲透着土路的沉静，间或父亲的鞭哨甩出清脆的响声，盈耳的蛙鸣便会瞬间停歇。一轮月就在头顶，那些亮星也在注视着躺在车上的我们。

马车不疾不缓地拉着我们，经过成片的庄稼，经过河上的石桥，经过一片片的荒坟。恐惧便会在身前身后紧随，看那些树影草丛，都担心有什么东西会飞出。幸而父亲的鞭哨总是适时地响起，于是庄稼的清香氤氲，两匹马突突

地打着响鼻，仿佛在黑暗中忽然开出了花，身下的玉米触动着我们的欣喜，恐惧的心情淡去，天上的星月正明。

喜欢在夜里坐车，夜的寂静暗暗牵动着漂泊的思绪，日间繁杂着的此刻皆尽隐去，那些在黑暗中匆匆掠过的，都曾是最为眷恋的种种。我依然会有无数次在夜里乘车的经历，依然会珍惜那每一刻的时光，让夜色与车的移动交织成心底最恬然的回忆。

可是，我知道，在有月亮的秋晚，在那起伏不平的土路上，在庄稼的清香里，我却再也不能、再也不能躺在父亲赶着的马车上，体会那变换着的情思。如今，那马蹄声只能敲碎我一枕旧梦，父亲的鞭哨只响在往事里，那些圣洁遥远的，那些不可碰触的，才是我最最流连的夜车经历，是我一生中永远散不掉的爱与恋。

蛙声入梦

（湖北省襄阳市 2013—2014 学年下学期期末质量检测七年级语文试题）

村庄的夏夜，是青蛙的舞台。稻花香里，蛙声一片，永远是田间最动人的声音。

那一年，和叔叔在村南的大草甸上打草，夜里，就睡在临时搭起的窝棚里。南面不远处，就是松花江的大堤，北面便是广阔的大草甸。劳累了一天，在窝棚里躺下，盈耳便是远远近近的蛙鸣，细听之，似可分辨每一只青蛙的声音，稍一分神，便成合唱，震撼着整片草甸。会有某个时刻，所有的蛙鸣同时停歇，仿佛约好了般，一片深远的宁静，便从梦里醒来，片刻后，蛙声再起，才又沉沉睡去。那短暂的静，如蛙们换曲的间歇，如一张唱盘两首歌间的空白，缓冲着一种难言的情绪。

或者有月亮的晚上，辗转难眠，便爬上江堤，看月照流水，蛙声依然将我包围。岸边，时常传来蛙跳入水的声音，如曲幕中一个个灵动的音符，半圆的波纹荡漾开去，呼吸着秋草的味道，身心便与蛙鸣、月光融为一体。

那时在甸子上放鹅，村里的伙伴们都拿着长长的铁钎，只一会儿工夫，

上面便串了许多只青蛙，然后剥了皮，架在火上烧烤，他们吃得不亦乐乎。而我却从未吃过，并不是我觉得残忍，不是觉得不好吃，也不是觉得不该吃，在那个年龄，这些问题还不懂得。只是以为那些见惯了的蹦跳于草丛水塘间的青蛙，再看它们被烤得干巴巴的身躯，怎么也提不起食欲来。而有些伙伴的行为，的确让我觉出了残忍，他们有时并不是为了满足口腹之欲，而是为了玩耍，把青蛙剥了皮，却仍自活着，将其放入水塘里，看它们游到几时才死去。那时还担心，这么多的青蛙死于非命，夜里终会一片死寂了吧！可是，每一个夜里，蛙声都会透窗而入，伴我一枕香甜的梦，便也想到那么大的草甸，青蛙应该是捕杀不绝的吧！

离开家乡的时候，大草甸还在。后来，多年以后，来到一个山区的城市，周围都是山岭围绕，林木丛生，河流交错，碧草茵茵。住在城市的边缘，很有一种乡村的氛围，隐约有了一种在家乡的亲切。初来时满怀希望，隔绝多年的蛙鸣，终于可以再度在梦里唱起，可是却没有。在夏天，在秋天，望向野外的夜里，总会有着手电的光亮闪动。我已经知道，那是捕蛙人。虽然严令不让捕蛙，可在这林区，产的是林蛙，据说味极鲜美，而且非常昂贵，所以禁之不住。所以在那些美丽的夜晚，它们再不敢鸣叫，怕引来杀身之祸。是的，我只愿去想它们不敢叫，却不敢去想，它们已将近灭绝。

也许林蛙不会因捕杀而灭绝，可是寂寂的夜里，想来它们也是数目寥寥。回想故乡的大草甸，那些充耳的千百万只青蛙的合鸣，也只能在梦里出现了，而梦外，是无边的冷清与寂寞。那一年回到故乡，大草甸早已消失，代之的是无际的稻田，农药泛滥。夏夜里，稻香一片，蛙声却是散散落落，不成曲调。我知道，心里的故乡，永远也回不去了。

难道、难道蛙声一片的夜晚，此生再难重逢？重逢的只是往事的喧闹重叠着今日的清冷，童年的那些蛙们，永远在岁月深处唱歌，歌声穿透时光的河流，入我夜夜失落的梦。所以有一天，在野外散步，看见一只青蛙跃出草丛，我跟了它整整一个下午。看它寂寞独行，听它低低鸣叫，竟让久经风尘的我，盈盈地有了满眼的泪。

草房是我心里的巢

仿佛在风的叹息中就能摇摇欲坠，宛若树上的巢，那座草房就在记忆深处温暖着。而我却如离巢的鸟，当我回到旧时的枝上，却只有秋风停留，早没有了旧巢的影子。

常常眷恋那四壁的泥墙，墙是土坯垒起，外面抹着厚厚的泥，抹得平整光滑。那泥中掺杂着许多麦壳，于是干了之后，墙也显出一种淡淡的黄色，也散着浅浅的麦香。现在想来，那浅淡的香色全成为我记忆里最温暖的背景，氤氲着许多他乡的日子。

最引人注目的便是房顶的草了，那是大甸子上产的一种细草，极高极茂，有着极细长的茎。秋天时割了晒干，那草便只余下细茎。然后那些草便在雪亮的铡刀下，被切割成长短相同。苫房是一个技术活，怎样把那些草整齐地固定在房顶，还要均匀密实，不会漏雨，一般人做不来。

新苫好的房极是周整醒目，房顶金灿灿的，仿佛所有的阳光都在上面舞蹈，晃得人眼里心里全是暖意。所以大家很少叫土房，而称之为草房，房顶的草，才是一座房子的灵魂。房草从檐下伸出少许，皆整齐如切，可看见一排中空的草茎，无数细密的小孔。落雨时，房上的雨水顺着房草淌下，在檐间挂一片珠帘。待雨停后，珠帘断裂，散珠接连而下。向上望，那雨水慢慢地从草茎的细孔里渗出来，渐凝成珠，然后坠下。

所有草房的檐下，都是好多燕子垒的巢，形状各异，每天看着燕子在草檐下栖飞，就会有一种家的温暖。燕子归来寻旧垒，每一年的轮回都是一个回家的过程，只是没有想到，当多年以后，我如燕子般归来，却再也寻不到旧时的家园，寻不到浸透所有童年梦想的草房。而我亦如燕子垒巢一样，把过去所有的点点滴滴，用眷恋筑成我心底最暖的家。草房，是我永远回不去的故园。

回想，那许多的草檐秋月、许多的土墙斜阳，依然在记忆里清晰，抑或出现在梦里，却是没有比梦更遥远的地方了。少年离家时，村里的草房多已破旧，不再修葺，因为许多红砖瓦房正在建起。而那些草房，墙皮脱落，如斑驳的岁月，房草由于多年未换而变得发黑，就似垂暮的老人，在夕阳中守着最后的时光。

随着草房老去的，还有我的亲人。祖父再也挥舞不动长长的钐镰，去甸子上割下那些长长的草，再也不能攀上房顶，将那些草轻轻覆盖。只是许多时候，祖父都会站在院子里，用目光抚摸着房子的一草一木，就像看着自己的亲人。矮檐下的窗子里，流淌过太多温馨的日子，亲人们都在，巨大的幸福围绕。只是，恍若一阵风过，便消散了那些容颜，在我的草房里。

原来，那些平凡的草房，正是因为有了亲人，有了那些爱，才成为我生命中永远的牵挂。当故乡千里，当一切无法重来，才发现，草房已成为我心底永远的巢，栖息着我的灵魂。

流过枕边的河

远如梦境的那个村庄，依然在千里之外，在呼兰河东岸，驻守着我所有的思念。而所有的过往都在世事劳碌中尘封，一如寒冷的日子里，那条凝固了形状的河流。只是总在某个瞬间，会感受到心底深深之处悄悄涌动的希望，仿佛冰封雪盖之下，河水仍自流往自己的方向。

时光有时会冲淡记忆，却封锁不住梦里的一次次轮回重温。儿时陶醉于岸边无际的大野甸，丛生着许多童年的乐趣。少年时的夜里，曾经充耳不闻的流水声，已经能牵动无眠的思绪。仿佛河就流在枕畔，人若舟中，听涛而眠，梦里全是摇曳的最美年华。那时刚刚读过萧红的《呼兰河传》，心底便有了浅浅的感伤，眼前的变迁重叠着旧时的影子。便有了庆幸，我并未曾经历这条河流的沧桑，书中的过往也只是我一个遥远的风景，站在岁月的岸边，我看不到它的流逝。

现在想来，河边甸上的一切都是我所有温暖的来处。春日里的虫儿翩飞，盛夏的鸟雀翔集，秋天岸边的高高茂草丛中有着不变的日升月沉，抑或漫天飞雪中无际的洁白宁静，四时佳兴，是生命中永不再来的美好。几年前，重回呼兰河畔，河流依然，只是不见当年的大草甸，不见了我夜夜梦回的家园。二十多年的光阴，被拉长至无极，心底的那条河，永远也回不去了。

后来我便常常步行二十里，去县城，去那个有着一圈青砖围墙和暗红大门的院子。满庭葳蕤，掩映着那个年轻女子的塑像，她的灵魂已经漂泊无依，只留下这样一个思念的形象，守着故园中如旧的日夜晨昏。轻轻迈动脚步，怕惊飞所有栖息着的往事，在少年悄喜轻愁的心中，我竟不敢凝望，怕猝然的目光，刺痛那个活在童年里的女孩清澈的眼眸。在萧红故居里，我常自神飞，似怅然，似寂寞。

我知道在萧红的童年里，也可以夜夜听见呼兰河的涛声，不知那时她是怎样一种心境。只是如今河流早已改道他方，她一直眷恋着的母亲河，不和何时舒张开了臂膀，不再将她的老家拥在怀里。所以萧红再也没能重回她的怀抱，如飞蓬辗转客死他乡，所以她只能在无边无际的回忆里，让这条河流淌在数不清的思乡梦里。她不知道河流的变迁，也是一种幸福，从而只有美好的怀念，却无伤逝的愁绪。

那个时候，每一次去萧红故居归来，站在河边，一脉清流依然，却总觉得河水中多了一些让我牵念的东西。那时的我，从没有想过，有一天也会离开几十年。只是我比萧红幸运，我可以归来，虽然归来亦是过客，却能在它的身畔驻足、回忆。可是我又比萧红不幸，萧红的呼兰河永远是她童年的河，不被风尘沾染，不被流光雕琢；而我的呼兰河，我要一次次面对它的面目全非，一次次将记忆中的一切撞击得疼痛欲碎。

只是我原来一直坚信，不管它如何改变，无论是华丽的堤还是整齐的柳，无论是野甸变良田还是河面变狭窄，河水应该永远不变。在那一河清澈中，总会有着永远的重逢，总能濯洗我心上的漫漫风尘。可是，那年的重逢，却是那样的悲怆。河水中散发着刺鼻的气味，再不见当年的清透，再不见当年

的渔船往来。我不知道这二十年的时间，是什么让它悄然垂暮，是什么让它病入沉疴。鱼虾只能嬉戏于旧日梦中，渔歌也成绝响，我的心随着漂浮的垃圾越沉越深。那个有着很好阳光的午后，我站在河畔，滴下了泪水，只是我的清泪，无法唤回曾经的美好。

那个夜里，我借宿在离河不远的农家。躺在硬硬的土炕上，透窗而入的长风带着庄稼的气息，却藏着丝丝河流如今的味道，就如我的回忆里除了甜蜜，如今却有着不绝的凄然。夜幕长垂，流水声依然盈耳，无法与记忆重合。童年的涛声如母亲依依的浅唱，今夜的流水却似呻吟，似呜咽。

忽然羡慕萧红，她在遥远的他乡，伴着她的呼兰河是那样可亲可近。我宁愿不再归来，我宁愿让那一河流水永远淌在我心中，淌在我的梦里，然后化作热泪，洒湿我的枕畔。

年初的时候，家乡好友打来电话，说起呼兰河，有着一种欣然之意。她说河流已经变清了，她说治理已经见到了成效。心中翻涌着暖暖的思绪，再度有了回家的渴望。夜夜流过我枕畔的母亲河，终于不再让我迷失，不再让我找不到家。那每夜的涛声，不再是流逝沧桑，不再是悲号哭泣，永远是一种呼唤，唤醒沉睡的美好，唤我归去。

穿过那条河流看见你

那时候，我以为那条河如天堑一般不可逾越，虽然有一座摇摇晃晃的桥，小小的我却从不敢走上去。河那边极遥远处，都说是很大很大的省城。从没跨过那条河，在我从小到读高中的所有岁月里。

这次回来，从很远处的公路口就下了车，天已黄昏，十八里的土路，我要像当年一样走回去。那是一条在心中熟悉无比的路，两旁的庄稼在夏日的长风里摇晃一片散乱而温暖的回忆。只是走了一会儿，就发觉了不对，记忆中似乎也到这里断了线，面前是将暮的大地上无际的庄稼，路却已隐没不见。踌躇了一会儿，决定凭着心中的直觉去寻路，于是在田间发现了一条窄窄的毛毛道。

想起当年，家里是严令不让去河边玩儿的，我只好向着相反的方向不停地走。那时最喜欢穿行于无边田地里的毛毛道，在垄沟垄台之间轻盈地跨步，狭长的玉米叶轻拂衣衫。有那么一个下午，在纵横交往的毛毛道里不知走了多远，竟迷了路。所有的村庄都种着玉米，正是高高抽穗的时节，期间隐伏的小

路就如迷宫一般。直到走到傍晚，依然四望都是一片片挺立的碧绿身影。后来终于遇见村里人，才回到村子。母亲狠打了我一顿，于是以后只走大道。

我微笑着走上毛毛道，就像一脚踏进往事里。如今的庄稼地比那时更是广阔了不知多少，心里却不再担心，我只向着一个温暖的方向。折一把玉米叶，扑打着渐多的蚊虫，脚下的每一步都均匀无比，仿佛迈过一道道记忆的梁。曾有那么一段路，竟是泥泞了许多，却有着一种直入心灵的温暖。也不知走了多久，还是没能走出这一片翠绿。停下脚，仔细地感受了一下，终于不再沿路而行，向着某个方向，一头钻进庄稼里。行走在田垄之间，泥土进到鞋里，一种甜蜜的微痛，与无数庄稼擦肩而过，深深吸着青青的气息，浑然不觉天暗路曲。

天色完全暗下来，满天的星，就像童年一般闪亮。忽觉一阵清风扑面，密密麻麻的玉米秆终于被我甩到身后。眼前是一片开阔的黑暗，心中的亲切感越来越浓烈，不再管脚下有没有路，我飞快地向前奔跑。终于，听到了熟悉的流水声。我一下止住脚步，流水的潺潺之音淌过心上，化作两行滚烫的泪。我小心地慢慢前行，怕猝然的足音惊飞那些正在苏醒的过往。

十九岁那一年，第一次轻巧地过了那座桥，去省城上学。当河流在身后轻唱起骊歌，当小桥摇晃成挥手的告别，我从没想过，竟是一去二十年。大学第一年的上学期，家就搬到了省城，那以后的一年一年，再没回去过。再后来，离家乡越来越远，就像那些清如河水的时光离我越来越远。无数次在梦里听到那一脉清流的轻唱，却是没有比梦更遥远的地方了。

而我从另一个方向归来，却在心灵的指引下，绕过田地里那么大的弯路，又一次站在了河流面前。河流是我的一种守望，抑或我是河流的孩子，不管怎么走，终究会站在母亲身畔。这是我此生走过的最温馨的弯路，是幸运，是幸福。

眼前的流水依然，河面却是比记忆中窄了许多。一如在风尘劳碌中奔走的我，消瘦了所有的梦想，只有回忆日渐丰腴。望向对岸，灯光点点，像无数温暖的眼睛，注视着黑暗中独自行走的我。那座桥仍在，二十年的风吹雨打，依然轻摇着一种召唤。

走上木桥，每一步都踏痛着过往，那么多的岁月在荒芜中消散，那么多的路在沧桑中变迁，只有这条河还在濯洗我心上的风尘，只有这座桥是永恒不变的真实。踏上了彼岸，我终于又看见了你，我的故乡。

蓦然发觉，这条河流依然同儿时一般难以跨越。当年我离开时，走过河流只用了短短的两分钟，而归来，却是走了整整的二十年。

与一条狗眼里的寂寞相遇

这个城市的秋天极凉极冷，才九月，树上的叶子便开始片片飘落。那个阴沉沉的午后，走在瑟瑟的凉风中，转过一条街，看到在路边的一棵树上，拴着一条黄狗。那是一条笨狗，农村最常见的那种，它就伏在那里，很落寞的样子，偶尔有路人行经，就抬起眼看看，然后继续转过头，不知望向哪一片遥远。

就在这深秋的风里，我与一条黄狗对视了一眼。它的目光很飘忽，就像穿透我的身体，看向一片陌生的熟悉。待它转过头，我顺着它的目光看去，只有远处的风翻卷着无尽的落叶。这样的狗本不属于城市的水泥森林，这里只是那些各种精致宠物狗的天堂。它应该奔行于秋天的无际田野里，驮着一身庄稼成熟的清香，应该在那一片真正的金色风中，眷恋村庄里的每一缕炊烟。

我从一条黄狗的眼睛里，看到自己内心的寂寞和渴望，看到所有悲秋的来处。也许这条狗从小就在城市中成长，根本不知乡野为何物，只是在它的血脉流传中，定有着一段模糊却又亲切的场景，只是遥远得无法看清，一如我那千里外的故乡小村，隔着时光与山水，朦胧成心底最暖的一个背景。

它应该在有阳光的日子里，欢快地跑过每一家门前，每一根毛管都散发着泥土的气息。或者在有月亮的晚上，高声吠叫，与全村的狗此起彼伏地相和。这条黄狗，本应驻守着一个村庄的宁静平和，而不是这般驻守着日复一日的寂寞。它眼里的世界，应是泥墙绿草矮檐秋风，不该是这些陌生的繁华与冷漠。站在那里，忽然觉得很冷，离开家乡后的每一个秋天，长长的风都会吹痛心里的眷恋，而那些温暖的来处，却是比梦更为遥远。

它忽然站起身来，努力地想去嗅一枚落在眼前的黄叶，那叶子随风辗转，瞬间远离它的碰触。它想去追赶，却被颈上一根铁链紧紧地拉住。就是这样一条链子，拴住了它奔跑在泥土上随风追逐的脚步。或许没有了这条链子，它也无法跑出城市的桎梏。就像现在的我，被无形的枷锁紧紧禁锢，无法去追寻童年那片纯净的欢乐。

我一直流连于这条黄狗身前，它亦不恼不怒，甚至我伸手去摸它的头，它也是俯首眯眼。记得当年，在农村的时候，除了家里的狗，别人家的狗很难对我露出这样的神情，别说去摸，就算稍稍靠近，它们也立刻眼露凶光作势欲扑。而失去了凶性的狗，就像折了翅的鹰，这是一种悲哀。

或许，这条狗并没有想什么，只是我赋予了它那么多的怅惘，或者我就是那条离开了乡土的狗，只能收敛起所有的棱角，小心翼翼地在城市巨大的樊笼中生活，只是偶尔远眺中，眼中闪过向往，然后低头，将寂寞深藏。

打地铺

记得那时候，家里地方小，亲戚又多，每逢有家里老人过生日什么的，便会聚集了许多人。一到晚上住不开，就要打地铺。夏天的时候最好，睡在地上也不凉。而我们小孩子都争着要在地铺上睡，觉得那是一个很新鲜好玩儿的睡法。

第一次睡地铺时，家还在农村，那时不到十岁，舅舅家孩子结婚，于是来了许多亲戚。虽然在农村亲戚多，可还是地方不够住，我家南北两铺大炕都住满了，最后只好打地铺。我和小姨家表哥争到了睡地铺的资格，在外屋的地上，铺了很厚的一层褥子，睡在上面，身边不远处就是灶台，旁边还堆着烧火用的玉米秆。躺在那里，就觉得无比的踏实平稳，里屋已经传出了鼾声，我们依然没有睡意，听得见似乎有什么小虫子在柴火堆里簌簌地响，窗外黑沉沉一片。

于是问城里来的表哥那些关于城市的事，表哥便给我讲，听得我极为入神，那是我从未深入过的世界，仿佛在我心底打开了一扇窗，让我看到了另一片神奇。不知何时，我们都沉沉睡去，梦里似乎听见院子里的狗叫声，却觉得很遥远。第二天醒来，又是热闹的一天，那些天，我和表哥就住在外屋的地铺上，每次都要听他讲故事给我。待亲戚都走后，方觉时间过得真快。

是的，时间过得真快，后来，我家也搬进了城里。起初住的楼房很小，比之农村的大房大院，总有一种失落感。逢年过节的时候，家里依然会来很多人，没有了农村时的大火炕，能睡人的地方更小了，于是依然打地铺。幸好楼房供暖还不错，且不是一楼，所以睡在地上，也并不会着凉。在楼房里打地铺，我也睡过多次，却是没有了在乡下的感觉，可能没有直接躺到大地上，所以总觉得不是很安稳踏实。躺在乡下的地铺上，似乎能听见大地厚重的脉搏，还有院子里花狗来回走动的声音，更能闻到随风潜入的庄稼院里特有的味道，所以能睡得很是沉酣。

我常常回想当年和表哥共同睡在地铺上的情景，还有他讲的那些城里的故事。一直以来，他讲的那些，都是我的向往和憧憬，我也一直在向着那个方向努力。如今，已离故乡千里，在一个陌生的城市里生活，有了自己的大房子，成了地道的城里人，却是万般地怀念起乡下的日子。而我的孩子，却已经连土炕是什么都不知道了。听了我讲的地铺，孩子很希望能去睡一睡，我想，这和我的表哥当年是同样的心境吧。

很偶然地，看到表哥写过的一篇文章，就是回忆小时候在我家住地铺的经历，在他的笔下，在他的心里，那竟是他最难以忘怀的记忆和体会。他说他再也没有那样安静平稳地睡过觉，在柴火堆旁，在乡下，在大地上。原来他记得那时的事，一如我记得他给我讲的一切，都成了心底最美好的梦想。

有一次，去乡下给一个长辈做寿，依然好多的人。晚上的时候，当地铺打好后，我强烈要求要睡地铺，终于如愿以偿。近三十年过去，再度躺在大地

的怀抱里，仿佛心与身都找到了家。

睡在我身边的，是亲戚家一个十岁的男孩，他忽然对我说："叔叔，给我讲讲城里的故事吧。"黑暗中，我仿佛能看见他闪亮的眼睛。于是，在这宁静的夜里，我像表哥当年般，慢慢地开始讲述。

第5辑
脚会记得路的暖

一路的足音敲响着如歌的行板，深深浅浅的脚窝里盛满着盈盈的眷恋。想想走过的空间和时间，脚印也许早湮没在风尘里，身影也消散于流逝中，可是，那些过往，总会在忆起时漾满了穿透沧桑的暖意。

清澈的声音

（2015年黑龙江省中考语文模拟试题）

有一些声音就似遗落在人间的精灵，偶入耳中，便入心底，濯洗着那些漫漫尘埃，让心温润如初，仿佛流年沧桑还不曾浸染。

十多年前，在一个大山深处的小村庄当了一段时间代课老师，那时正失意，在这天涯一般的地方，一种朴素的美很能将一颗烦躁的心平抚得极为柔软而易感。离开的时候，正是秋天，满山的树都斑斓着离别的心绪。翻过那座山，便是一条通往镇上的路，脚步刚刚踏上那片崎岖，就听到身后的山顶，一个孩子的声音遥遥传来："老师，我会想你——"

那声音带着山间溪水的清透，穿过满山的树，直击在我心灵最柔软处。那个女生，在我上课的这三个月时间里，从不举手回答问题，也不敢读课文，甚至课间也不大声地说话。不管我怎样鼓励她，她都是怯怯的，只是有一次，悄声对我说："老师，我一定会大声地说话的，可是现在还不能！"

在我悄悄离开的时刻，她用她响亮的声音为我送行，回望，她小小的身影，在远远的山顶，那声音依然在回荡、回荡，回荡成一片温暖的海，漫流过我以后所有的日子。

记得去年回故乡的城市，正是冬季，漫天飞雪。慢慢行走在大街上，脚步声敲醒着许多沉睡的过往，我曾在这个小小的县城里，度过整个中学时代，二十年的烟云易散，不散的只有这个城市每个角落拥挤着的回忆。

忽然，便听到有人喊我的名字，隔着风雪，隔着车流人海的喧嚣，仿佛久违的呼唤。这许多年中，无数次听到别人喊我的名字，却都没有此刻的感受。那声音里，带着一种清澈的亲切，一种纯净的惊喜，我转头看，一个和我年纪相仿的男人，正目光闪亮地看着我。我一声惊呼，虽然过去了那么多的岁月，我依然一眼认出了曾经的中学同学。相拥的那一刻，周围全是直入人心的暖。

说了些什么已经不记得了，而那一声呼喊，却一直响在耳畔，将心一次次拉回那圣洁遥远的时光里，那些朴素而温暖的情谊，总是在风尘漫漫、落寞重重时，悄悄浸润着心中所有的希望。

有一年离家很久很远，归来时风尘仆仆，且满心失落，当梦想失落在追逐里，黯淡的心境便契合了秋的萧瑟。刚走进自家所在的那个小胡同，便传来几声长长的叫声："哇——"心里便忽然一暖，眼睛一下子就濡湿了。那是胡同里一个聋哑的孩子，且有些智力低下，他只能发出这一种声音，一直以来，都能听到他的喊声。原来总是觉得难听至极，而此刻，却如流淌的长风，将我心底的阴霾吹散。

有时很羡慕那个孩子，没有长久的烦恼，每一天自在无忧，唯一的声音，可以是笑，可以是哭，没有任何的修饰和伪装，自然而然。而我们，却在世事劳碌中丢了最真实的声音，丢了最真实的自己。所以，当我失意归来，那个孩子的叫声才会如天籁入耳，而那一刻，我的泪也应该是极清澈的。

去年夏天，在老家，中午时小睡，梦见自己依然是儿时，睡在母亲的身边，做了噩梦，大哭，梦中的梦中醒来，却发现母亲不在，便大喊。却听见

母亲就在耳畔叫我，一如童年。迷梦归来，母亲白发萧然，问我是不是做噩梦了，因为听见我不停地喊她，就像小时候一样。

我知道，我在梦里听见的母亲的呼唤，是此生最美的声音；而我在梦里喊出来的“妈妈”，却是母亲耳中永远响着的眷恋，纯纯如山顶的月。

温暖的尘土

（2015 年黑龙江省哈尔滨市中考语文模拟试题）

那一年，他去一个偏远的山区支教，时间为一年。在那个破旧的学校里，他成了四年级的班主任。他讲课生动，很能抓住学生的心，而且在课余时间他还时常给学生们讲山外的故事，这让孩子们的眼睛里全闪烁着渴望和梦想。于是他提出了一个奖励办法，这次期末考试成绩最好的同学，他会在暑假时带去北京，去看长城、故宫、天安门。

这个承诺在学生中引起了极大的震动，一时之间学习热情高涨，对于最远只去过县城的山里孩子，这份诱惑之大是不可估量的。期末考试终于结束了，学生们都不走，等着老师快快地批卷子，想知道到底谁是那个幸运的同学。他也是二话没说，立刻开始批卷，而窗外，是一群孩子焦急兴奋的脸。

终于，试卷批完，一个叫林虎的男生两门都是百分，夺得了第一名。消息一宣布，立刻引起了轰动，林虎竟然在簇拥着他的同学们中间激动地哭了。别的同学虽然有些失望，可是他们同样高兴。他告诉林虎，回去准备一下，三天后就和他一起回北京。消息传遍了小村，林虎家竟是像过年一样热闹起来，

去北京，可是一件了不得的大事。

三天后，他带着林虎出山，全班二十多名学生都来相送，还有许多乡亲跟着，已经许多年不曾有过这样的场景了。他发现林虎穿了一套没有补丁的衣服，一双很大的不露脚趾的鞋，最奇怪的，是背后背了一个大大的旅行袋，这个旅行袋他只在村主任家里见过。告别了送行的人群，他们终于走向山外。

经过几天的火车汽车，终于到了首都。林虎一点儿也没觉得疲累，眼中一直闪着兴奋的光，一路上他不停地指着车窗外向老师问这问那。回到北京的家里，他把林虎安顿好，休息了一天后，问林虎想先去看哪里，林虎毫不犹豫地说："我想去长城！"于是出发，让他奇怪的是，林虎仍然背着那个旅行袋，他虽然一再要求林虎不用背着走，可林虎却坚持背，便也就不管了。

让他更为吃惊的是，林虎的体力出奇地好，那么长的石阶，背着那么大个旅行袋，竟然就轻松爬上去了。到了长城上，林虎竟然呆住了，良久，他才奔跑起来。最后，林虎放下旅行袋，打开，他一看又一次愣住，里面竟然是许多双各种各样的鞋子！林虎脱下自己的鞋，换上另一双，又一次在长城上奔跑起来。直到那些双鞋都穿了一遍，林虎已经累得坐在地上起不来了。

林虎告诉他，这些鞋子，都是班上同学让他带的，虽然他们来不了北京，可他们希望自己的鞋子能踏上长城，踏上天安门广场。林虎还说，这些鞋都是同学们家里最好的鞋了！接下来，无论是去天安门，还是故宫，或者别的地方，林虎都背着那些鞋子，一直重复着在长城上的做法，让每一双鞋子都能踩在那些著名的土地上。

回到那个山村，又一次轰动开始，林虎把鞋子分发给同学们，然后大讲特讲北京，讲长城，讲天安门，同学们都听得如醉如痴，就像亲身看到一样。然后，同学们都脱下自己的鞋子，小心地换上那些去过北京的鞋，站在纸上，再脱下，小心地收起。从那以后，这些学生的学习更努力了，也许，他们的心中已经埋下了梦想的种子。

许多年以后，他依然会回想起那个小山村，想起那个叫林虎的孩子，想起许多的面孔。有一天，他收到一封邮件，竟是林虎发来的，信中说：“老师，当初咱们班的学生都已经走出大山了，在不同的城市工作生活，可我们无论走得多远，都珍藏着当初的那双鞋，因为那些鞋上，有着北京的尘土……”

我站成一面红旗等你们回来

傍晚的云霞将天空染得一片灿灿的红，也将房顶上的那面红旗点缀得艳艳飘舞，我的那些宝贝们，此刻，翅上驮着斜阳，把天空晕眩得摇摇晃晃。

我站在房顶，看它们如此自由地飞翔，目之所及，那些玲珑的身影，如翻飞在天上的花。蓦地，心里忽然就一痛，它们的自由是那样的虚幻，虽然不似最初般困在樊笼之内，可是，我知道，是我把它们向往自由的心扼杀了，否则，它们怎么就不飞得更高远。那一刻，我在心底默默对它们说："都去寻找自由吧，不必回来！"它们盘旋几圈之后，终又落在了红旗周围，于是心中不知是失落还是喜悦，渐渐沉重成浓重的暮色。

第一个落在我身边的是小黑，它是一只少见的黑雌鸽，当初我为了得到它，着实费了许多心机。我伸手捧起它，另一只白鸽便猛烈地扑击我的手，便忙放下小黑，白鸽围着它转了几圈，两鸽相依回房去了。白鸽叫小白，与小黑是夫妇，合称玄素双侠。小白对小黑可谓爱到极处，别说别的鸽子休想接近小黑，就连我都不能与小黑亲近。

有一只头上长缨的美丽白鸽，每次见到它，都是那样安安静静，虽然它身边有许多雄鸽相簇拥，可它都不为所动。这只叫玉儿的鸽子是我用三只鸽子从三叔那里换来的。三叔爱鸽如命，从小就养，后来有三十年的时间告别了鸽群，几年前，才又重新组建他的鸽子大家庭。

三叔重新养鸽子，是在三婶去世之后。三叔年轻的时候，养了一大群鸽子，虽然那时家里很穷，可他都要想方设法地给鸽子们弄吃的。二十几岁的年龄，还没有成家，后来总算有一户人家不嫌他家贫困，愿意把女儿嫁他。有一天，未来的岳父来家里做客，家里没什么好招待，便要将鸽子杀几只。他死活不同意，可是没有用，那一天，几只鲜活的鸽子成了岳父的腹中餐。看着心爱的鸽子失去了鲜活的生命，他的心已经碎成千片万片。他那顿饭没有吃，看着那些剩下的鸽子流泪，然后，他把那些鸽子都赶走了，赶了好久，它们才恋恋地飞离。三叔知道，他的一颗心，也跟着远去了。

小小的玉儿站在鸽群中是那样文静，又是那么出众。只是，竟没有一只雄鸽能敲开它的心门。而且，我能感觉到它日复一日地落寞，目光中也是迷茫一片。每天的黄昏时分，我放飞它们时，它总是独自向着西南的方向飞出去好远，然后，再怅然飞回，云霞满天成为它孤单的背景。

那时我以为，只要我爱它们，便会与它们相伴终老，哪曾想过命运慢慢地将我们分离。第一个离开的鸽子，是我平时最不注意甚至有些讨厌的，它叫闻春，那许多鸽子中，我只在它的尾翎上系了鸽哨，它飞翔的时候，哨声盈耳，仿佛听到春天的声音。只是我不喜欢它，说不清为什么，也许它的身上有一种让人沉重的东西。别的鸽子也不喜欢它，喂食的时候，它总是被挤到最外边，它几乎从没吃饱过，所以更是瘦骨嶙峋，越发不讨人喜欢。有几次我想把它卖掉或者送人，可惜都没人愿意要它。

那是一个冬天的傍晚，天黑得早，放过鸽子，便在屋顶上喂食，闻春依旧站在最外面，冻得微微发抖。等我收拾了以后要下去的时候，发现闻春还

在房顶上彷徨，在寻些剩下的食物。见我看它，它竟走过来，在我身前站住，目光有着乞求。我硬了硬心肠还是一脚踩上了梯子，它就那样有些绝望地看着我。一时心中竟有些不忍，便掏出一把食物准备扔给它，这个时候，脚下一滑，竟从梯子上摔了下去。那么高的房子，我努力把头抬高，这时，忽听一声尖锐的鸽哨声从耳旁响过，然后就是与大地接触后的晕眩与疼痛。

闻春就这样离开了我们，它死在我身下，被压得扁扁的。他们说，它流了很多血，还说，它是为了去啄食落在地上的食物才飞下去，可我更愿意相信，它是为了用它小小的身躯接我一下，要不，它那一刻，怎么会有那么快的速度？闻春走了，悠长的鸽哨声只能回荡在另一个世界，只是那个世界会不会有春天？面对鸽群，独独少了它，便疯狂地想起它的种种好处来。于是把那一份情怀都放在别的鸽子身上，好好地去珍惜每一个，怕再有遗憾落在心间。

那个春天，我像往年一样去几十里外的大桥放飞，然后回到家，站在房顶，等待。最先回来的依然是玉儿，它的身影在天空中一个转折，向西南方向飞了一段，才飞向房顶的红旗。然后，它站在那里，静静地，和我一起看着远方的天空。伙伴们陆陆续续地都回来了，独独不见玄素双侠。小黑和小白每年都是紧随在玉儿之后的，已经下午了，天空仍然空空荡荡，一如我渐渐空落的心。预感如潮水，一波接着一波。

蓦地，玉儿咕地叫了一声，振翅飞上高空，向南边远远飞去，失去了踪影。片刻，三个鸽影出现在蓝天下，我喜极，却见小白摇摇晃晃，小黑绕着它往复地飞。到了红旗上空，小白直直地坠落下来。我接住它，它的羽毛全都散乱开来，一只眼睛淌着血。心猛烈地疼，它中了铅弹，嘴尖俯在我掌心，身体微微地颤着，真不知是什么支撑着它飞回来的。只是几分钟的时间，小白的身体就冷却了。那一瞬间，我感觉有团热气从掌上冲天而起，熟悉而温暖的感觉，小白已经走了。

那些朝朝暮暮，那些日月晨昏，没有了小白，小黑再也不肯去云中漫步，日日躲在房中，神思恹恹。少了玄素双侠的天空，仿佛失去了许多色彩，即使有那么多的身影翻飞，却有着无边的孤单与落寞。

三个月后，正是盛夏，憔悴的小黑也在无尽的思念中郁郁而终。在后园之中，有鸽冢，里面长眠着我曾经喜欢和不喜欢的宝贝，也深藏着尘世中的那些分分合合悄喜轻愁。

我开始注意每一个，特别是我的玉儿。不祥的念头在它头上打转，这个美丽的孩子，心事重重。它似乎独独钟情于西南方向，那里，有什么让它如此念念和恋恋？我真的无法追踪它的身影，亦不能明了它的心事，能做的，只是看着它日复一日地沉默，只能俯首等待着未知的命运安排。

这几只鸽子的离去，让红旗下冷清了许多，于是我想再去找几只回来。那一天，我来到三叔家，他那上百只鸽子正在起起落落，盈耳咕咕之声，极是繁华热闹。心中的落寞被眼前的鸽群驱散，于是对三叔说出了想要鸽子的要求，三叔答应了，让我自己随便挑，但是只能是一只。

我在众多美丽的身影中徘徊着，寻找着一双有缘的眼睛。除开那些出双入对的，每一个玲珑的身影，每一双红红的眼睛，都在牵动着我的心，竟是无法取舍。而且，心中还有个愿望，我想挑一只雄鸽，给我那玉儿。我以玉儿的眼光看着那众多的雄鸽，想着玉儿的温婉与哀怨，却是久久无中意者。后来，勉强挑了一只观赏鸽，头和尾都是黑的，中间却是白的，形象上可以让人眼前一亮，也许，可以吸引一下玉儿的目光。

三叔却对我说：“你要那只黑的吧，我觉得它挺好的！”望去，一只黑黑的鸽子正蹲在角落里，显得与那些同伴格格不入。它安安静静的，像极了玉儿，我摇摇头，我真的不想再要这样一只鸽子，不想再为另一只鸽子如此牵肠挂肚。

那只观赏鸽子一加入我的鸽群，立刻引起了骚动，那些单身的雌鸽纷纷向它瞩目，眼神顾盼流情。可是，玉儿依然视若无睹，那样美丽的一只雄鸽，

在它眼中如空气般透明。看来依然是缘分未到，我可怜的玉儿，你心中的爱人究竟在哪里呢？

那个秋天分外的绚烂，高天流云，还有我的那些宝贝，都在装点着我眼中的世界。秋天那么美，美得让人心里发慌。很凉的一天，是个午后，我的宝贝们这个时间都在小憩，房顶上一片静悄悄，只有红旗在秋风中轻轻地抖动。我坐在房顶，用目光温柔地抚摸着它们每一个。蓦地，一阵摇动翅膀的声音，一个白影冲天而起，是玉儿，它一改往日的蕴敛，振翅向着西南方向疾快地飞去，瞬间没了踪影。

我的心莫名地跟着悬了起来，良久，在我的等待中，仿佛是一世的时间，玉儿的身影才出现在淡云之下。秋日的暖阳照耀着它洁白的身影，那一刻，忽然有了一种想流泪的冲动。玉儿缓缓落下来，停在我的身旁，用它柔软的身躯轻轻靠着我的腿。这是从没有过的情形，就那样注视着它，直到夕阳落幕。

第二天早晨，玉儿没有从鸽房中出来，它静静地卧在那里，悄悄地去了。头上的长缨依然美丽，只是，再也不能盛开成蓝天上的一朵花。后园的鸽冢里，又埋进了我的玉儿。晨光正好，西风无限，却是无尽的凄凉。

我再次去三叔家，并不是为了要鸽子，因为忽然就心灰意冷，想把那些鸽子都送给三叔。三叔见了我，说：“昨天下午，你家的玉儿忽然飞回来了，在我这儿盘旋飞了很长时间，才走。”

我一惊：“三叔，你家的鸽子有什么问题吗？”

三叔说：“没什么呀，只是死了一只，就是那天我让你挑的那个黑色的！”

忽然明白，玉儿原来心里是有着爱的，可是，曾有一个让它们相聚的机会，我却没有把握住。定是我从三叔这儿换来玉儿之前，它们就相爱了，可是我生生地把它们拆散。

我颓然说：“玉儿今天早晨也死了。它昨天一定是来看那个黑鸽子的。

三叔，之前它们是一对儿吗？”

三叔说：“上百只鸽子，我哪能都注意到？也许吧，早知这样，就把黑的也给你了！”

我最终没有把那些鸽子送给三叔，我要给它们真正的自由。那个早晨，我站在房顶，把它们放飞，然后拔下红旗。它们每次飞回来，我都会用长木杆将它们赶走。每一次，心里都在剧烈地痛。最后，它们再也不落回来，在苍茫的暮色里，远远地去了。

它们一定会找到自己自由的天堂吧，在那里，没有分离，没有约束，快乐地飞翔，幸福地栖息。这是我的希望，也是我的祝福。是的，如果有一天，你们真正获得了自由和幸福，我依然会站成房顶飘扬的红旗，等着你们的归来。

怀念一棵冬天的树

身处小兴安岭的苍茫林海中，万木葱茏，那经年的绿色曾一度浸染我褪色的梦想。可是，在记忆深处，在心底最幽静的角落，却站着一棵与眼前的林海格格不入的树，它在最艰难的日子里，支撑着我梦想的天空。

那个冬天，我住在小镇的边缘，一所很古老的二层楼，墙皮多外剥落，露出斑斑的红砖来。我的居室在二楼北面的一个房间，窗外是一大片废弃的运动场，依稀可见当年画的篮球场地，更远处是铁路，临着一片小小的湖。就在窗前，很突兀地长着一棵树，一棵有很多枝丫的杨树，遮住了半扇窗，推开窗子，一伸手就能碰触到那细细的枝。那时我每天往返于学校和住所之间，在镇上的中学当代课老师。来到这天涯一般的小镇，躲得过世人的白眼冷遇却躲不过失败的阴影。闲暇时拥被坐在床上，那树便走进了眼睛。树干和枝叉都白白的，仿佛为了迎合冬天的主色，零星的几片叶子在北风中摇摇欲坠。那树枝直刺苍天，像一截干枯的手臂，张着五指想要抚摸遥远的阳光。一种静谧而凄冷的氛围直透进室内，使墙角的炉火失去了温度。

有一个早晨，我张开眼睛，听到一阵“咕咕”的叫声。急切地寻找声音的来源，在窗外，树上落着两只麻雀，土黑色的羽毛裹着肥胖的身躯，像穿着厚厚的袄。它们蹲在枝上，缩头缩脑地交谈着。在我的印象中，麻雀应该是“叽叽喳喳”地叫着的，可是现在的叫声有些像鸽子，又比鸽子清亮一些。一早晨它们就蹲在那里，除了转动几下头颅，身子动也不动，仿佛成了树的一部分。太阳升起来，阳光淡淡地印过来，麻雀的衣服立刻变换了颜色，影子穿过玻璃斜斜地投在墙上，仿佛两朵开在枝上的花。它们被阳光抚摸得兴奋起来，声音也大了许多，变成了我印象中的“叽叽喳喳”，叫到欢时，还扑扇几下翅膀。于是树枝也随着它们上下起伏，它们便露出极惬意的神情。每早的六点钟，有列火车准时通过，车未到，笛声先远远地传过来。刹那间，两只麻雀倏地噤了声，然后同时飞走，留下“突”的一声。脚下的枝叉不停地颤抖着，说明它们曾在此停留过，窗子也簌簌地响。

那树每天都在变换着颜色，过了冬至之后则更为明显。那白色慢慢变得柔和起来，像有水从树干里慢慢地洇出来，仿佛苍白的脸上慢慢地有了血色，长长的严冬挡不住树的生机。那年冬天雪少，下了几次，都是极薄的一层，被风吹散了。一场真正的雪终于来了，在夜里，在人们熟睡的时刻。早晨，外面已是银装素裹了，树枝上落满了雪，毛茸茸的像穿了一件洁白的毛衣。也许只有这棵树知道，在寂寂的夜里，雪花曾怎样美丽地飞舞。阳光淡淡地映着雪光，两只麻雀迟到了，它们甫一落上树枝，惊得那些雪落下来，在晨风中流光飞霰，晶莹无比。我走到窗前，那麻雀歪着头，瞪着圆溜溜的小眼睛审视了我好一会儿，才双双飞走。枝上留下它们模糊的一片爪痕，忽然就想到自己他年远离此地，所有的痕迹也终会被湮没，没人知道自己曾经来过。

冬天将尽的时候，树干上已能看出一片淡淡的青色，它的生命又要迎来灿烂的季节了。这个漫漫的长冬，在风狂雪骤中，它从来不曾熄灭心中的火焰啊！我的心也没有了初来时的彷徨失落，我生命中冬天的足音也渐行渐远，我

知道，当枝头一片青青的时候，我心中的希望也会生长得一片郁郁葱葱。

那棵树已远在千里万里之外，现在依然是冬天，窗外西伯利亚的寒流正经过，那树依然在驻守着它的希望吧！就像我几年来四处漂泊历尽悲欢，依然用梦想温暖生命的冷遇。那棵树一直不曾离弃，它就生长在我心底，冬天时，撑起一片灰暗的天空，盛夏里，给我一份生命的清凉。

寂寞萧红

中学时就常去那个有一圈青砖围墙的院子，说不清那两扇暗红的大门内有什么东西在吸引我，不是那四壁的名人题字，也不是穿越时空留下的陈旧家具。站在开满倭瓜花的后花园中，独对夕阳，总有一种感觉，仿佛自己与那个在童年里寂寞的小女孩相遇了。

我不喜欢游人多时的萧红故居，那纷杂的目光只是在欣赏，很少人用心去感悟这院子中的一切。我喜欢黄昏时的萧红故居，游人散尽，心灵驰骋的空间便广阔起来，斜阳挂在檐角，一种肃穆而温馨的氛围便淡淡地弥漫开来。风吹庭中芳草，几只倦鸟飞过，仿佛衔来了远处呼兰河的涛声。这时身畔便会传来那小女孩的声音："爷爷，带我去看火烧云！"

这个院子曾经是那样的热闹与繁荣，而这一切只是萧红的童年中寂寞的背景，她幼小的心中感受那份繁荣，就像今天的我所面对的寂寂空庭。年迈的祖父是她唯一的玩伴，她用一双纯净的不解世事的眼睛注视着这院子里的变迁，她在这种变迁中愈加的寂寞。我仿佛看见，那个小女孩在对着红蜻蜓、白

蝴蝶说话，看着绿蚂蚱跳到斑驳墙角的草丛中去；看见她把一瓢水泼向空中，然后高兴地喊：“下雨了，下雨了！”看见她熟睡在深草丛中，做着一个遥远而温暖的梦……年复一年，萧红就这样寂寞地成长着。

我轻轻地迈着脚步，怕惊飞栖息在角落里的那些陈年旧事。我用心地寻找着那个小女孩走过的足迹。院子中的萧红雕像在晚照中沉默着，仿佛在回想她短暂的一生。

我喜欢后花园，因为那里是萧红童年的乐园。然而当她长大时，后花园和她的心境一样荒芜了。长大的萧红是寂寞的，多难的命运也才刚刚开始。当她逃婚离开这个院子时，也许从没想过会在外漂泊十几年，直至客死他乡，也没能重回这个她所眷恋的院子。她在苦难中沉默着，最终在沉默中拿起了笔。在故居四壁的旧照中，只有一幅照片中萧红是浅浅地笑着的，那是在鲁迅的家中。那时的萧红已和萧军走到了分手的边缘，我无法感知那浅浅的笑容中隐藏着多少落寞与伤怀！

今天当我读起萧红的书，当我于字里行间去接近那颗寂寞而火热的心，心中便久久不能平静。后期的萧红只能在回忆中索取快乐了。与端木蕻良短暂的感情使萧红愈发寂寞，她远走香港，与其说是逃避战乱，不如说是逃避感情。故乡遥远，没有归期，萧红病倒在香港，曾经爱过她的人都不在身边。她的寂寞已达极致。童年的园子水阻山隔，又要远到隔世了。她知道永远也无法归去了，在心底深深的叹息，所有的前尘往事都行将消散，弥留的她只说了一句：“我将与蓝天碧水永处，前半生受尽白眼冷遇，不甘……”一颗寂寞了三十二年的心永远停止了跳动。

萧红临终的话每每撞得我的心疼痛异常，仿佛流出血来。待年龄渐长，我去萧红故居的次数便越发少了，在经历了大喜大悲之后，我脆弱的心竟不敢与那小女孩寂寞心事猝然相遇了。

我走出院子，轻轻关上两扇红门，掩住了所有的旧日时光。我快步疾走，不敢回头眷恋。

脚会记得路的暖

路是足迹的重叠，承载着太多足底与地面的相聚分离；路也是脚步的摇篮，飘摇间将我们送上未知的归宿。

也曾回想近四十年的光阴历程，想找出走过最艰难的路是何时何境。便记起，二十多岁的时候，有一年秋天，兴之所至，去拜访一个老同学。他住在离我的城市很远的一个村子，下了车，还有二十里的土路。天已渐暗，四周都是庄稼地，路渐渐隐没在夜色中。忽然下起了雨，身上湿透，也没有行人，仿佛长路之上，只有风雨随着我的脚步一同起落。

后来走进一大片荒甸，高高的茂草，路更是不见，便向着一个认为正确的方向走，于是踏进了一片沼泽地。雨越发大了，雷声滚滚，闪电偶尔划破夜空，转瞬即逝。只觉脚下全是泥水，有时一步迈出，便没了膝，费力地将鞋从泥中拔出，接着便是下一步的深陷。

多年以后回想那个雷雨的秋夜，早没有了当初的艰难，却有着一种很暖的意境。觉得走过那样一段泥泞，却在心里留下了深深的脚印，甚至会清晰

地记得，当脚深陷进沼泽里时，那些泥的柔软。一如书中所说，人生有许多事情，正如船后的波纹，总要过后才觉得美。路也是如此，不管多崎岖坎坷，走过后回望，却是翠微苍苍，神思无限。

就像那许多艰难的日子，深一脚浅一脚地走，身处其中彷徨痛苦，过后回忆，却觉得亲切无比，仿佛是一种幸福。一颗有希望的心，会记得每一个日子的美好，不管是明媚还是黯淡；而奔走的脚步，也会记得每一条路的温暖，不管是坦途还是曲折。

忽然想起一个一面之缘的人。那是在黑龙江边与他邂逅，他从远处走过来，背着巨大的旅行背包，手里还拄着一根木棍。走近了看，竟分辨不出多大年龄，长发凌乱，长须如杂草，身上满是风尘。见我坐在岸边，他便拿出相机给我拍了张照。然后在我身边坐下，点燃我递过去的烟，便老熟人般闲聊起来。眼前这人，竟比我还小上好几岁，他热爱徒步走全国，家在辽宁，这次是他徒步走黑龙江流域，从东至西。

也许是久未与人说话的缘故，他和我竟畅谈了近两个小时，八月的阳光照着眼前的一江流水，我仿佛看到了他一路风尘，走过那许多的无人区，那许多的艰险之地。问他怎么忍受长时间的疲累，怎么看那些危机四伏的地方，特别是，怎样排遣那份难挨的寂寞，他却笑，说："如果说什么理想梦想的，太虚了，反正我就是想走，怎么说呢？如果有一段时间不出去走，就觉得两脚都痒，就想踏上那一片片土地。"

在他的心里，在他的旅途中，没有寂寞，虽然有时好多天也见不到一个人影，他却可以自己对着空荡荡的天地说话，或者在本子上记下沿途所见所想。和他告别后，看他的身影消失在大江的遥远处，却仿佛听见他的足音响在我心里。我知道，他走过那么多的路，也许那些路不会记得他的身影，可他的脚步却会一直记得每一条路的触摸。

刚大学毕业的时候，辗转不定。那时和一个人合租一所房子，那是个很开朗的小伙子，却是残疾，只有一条腿。他拄着双拐却走得极快，他也是奔走着四处找工作，虽然一再被人婉拒，却一直没有放弃希望。他这样解释自己走得快的原因：两只脚的力量，现在都用在一只脚上了，不快都不行。由于有拐杖的支撑，他的每一步都是跨度极大，他就这样，曾经一步步从省城的学校，走回自己的乡下老家，走走停停，用了一周的时间。

难以想象，那么远的路，他是怎样跨越那许多的艰难，一如他在生活中，走过那许多难以想象的艰辛。可是大风吹不散笑容，他依然信心满满。我离开那个城市的时候，他也正离开，他去了一个偏远的山里小镇当老师。听说，他当初就在那里当过老师，而那条腿，也是在教室倒塌的时候，砸断的。

后来，好几年过去，他给我发邮件，说他过得很幸福。因为他一直觉得那条失去的腿在呼唤他，所以他回到了那里。他还说，他一直走得那么快，是因为那条看不见的腿一直都在向前走，他剩下的这条腿只好大步跟上。说起曾经走过的路，他很是感慨，一只脚承受的更多，也和大地接触得更有力。所以，他的足音才会更响亮。

一路的足音敲响着如歌的行板，深深浅浅的脚窝里盛满着盈盈的眷恋。想想走过的空间和时间，脚印也许早湮没在风尘里，身影也消散于流逝中，可是，那些过往，总会在忆起时漾满了穿透沧桑的暖意。所以，珍视着脚下的路，珍藏着脚板与大地接触时的每一份细微的感触，就算一路坦途健步如飞，惊起的尘埃也带着细细的芬芳；哪怕荆棘遍地碎石如刃，划破了脚，磨起了泡，每一滴血里也藏着梦想的温度。

所以，不管走得快与慢，不管走得顺与逆，那些路，只要我们的脚曾走过，就会温暖一方情境。那种暖，是希望的燃烧，是梦想的绽放，也是回忆的无悔，更是生命的芬芳。不管多长的路，只要珍惜过每一步的前行，那么，我们的脚就会永远记得那份暖，我们的心就会永远充盈着感动与力量。

明月照雪

（2015年北京市丰台区中考语文二模试题）

记忆中有一年的中秋节极冷，傍晚时分便下了场雪，地上积了薄薄的一层，夜里一时未融。天便晴开，圆月升空。月光照在那层雪上，银辉流泻，氤氲着一种清冷迷蒙的氛围。雪极浅，月光淡淡，两相辉映，一时分不清是雪还是月色满庭。

早晨阳光照耀，那层雪已逝去无痕，回思昨夜情景，恍惚间有一种不真实的感觉，就像梦里的种种。月光照着最初的雪，极难相遇，最早的几场雪都是早早地融化掉，若是夜里，则天阴无月。所以，那一场雪，那一轮月，一直记得。

而到了深冬时，朗月涂抹雪原的情景却是常见。

一个很冷的夜里，我们的车快接近城市的时候出了故障，于是相互鼓劲儿步行回去。穿得极厚，在零下三十多度的气温下，依然是难挨，只好脚步加快，以此来驱散如影随形的冷。是夜月圆如镜，照着周围无尽的雪野。由于是抄近路，所以地上的雪都盈尺，每一步下去，都是柔软的羁绊。厚厚的雪原，在月光下闪着淡远朦胧的光，北风猛烈，吹起细雪如雾飘飞，细细密密的光亮飘忽消散。

起初的时候还满怀欣赏的意趣，可是当寒冷浸透了身心，当落脚越来越沉重，便只剩下归心似箭。到得家中，温暖扑面，缓解了身上的冷，向窗外望，一轮冷月依然照彻星空。回想刚才路上的一切，便又觉美好临近。原来，那许多的艰难，也造就了平时难得看到的美，当一切都走过之后，回望，那份美更是直入心灵。

寒冷凝结的情致，寒冷绽放的美丽，有着特别的感染力。或许人生的际遇也是如此，在最艰难的时候，总会有让我们铭记的感动，虽然有苍凉侵怀，可是那种美丽却是入心。

去年的元宵佳节，正逢天气晴好，夜空幽蓝，明月高悬。出门去看月，门前的水上公园里却是各种灯光闪烁，抬头见月，低头却难觅月色，月光已被灯光排挤得无迹可循。于是便信步向远处走，出了城，一片广阔的雪原，直连向更远处朦胧的山影。仿佛远离了尘世，月亮也一下子清晰亲近起来。月色将雪原轻拥，一片幽幽的明亮，是夜有轻轻的风，细密的月光陪着细密的雪一同流淌。此刻浑然忘了寒冷，眼中心里，只有那月，只有那雪。

忽然想到，这轻风，这雪花，这月色，如此的风花雪月，尽集于此，却有着全新的意味。回头看身后城市的万家灯火，竟有着不真实的感觉，处于天地间的两方虚幻，就似立于人生的极致，流连且眷恋。

真的，人的一生中不会经历太多明月照雪的情境，非是难遇，而是我们习惯了不去寻找。一如在长长的一生中，我们已经走得麻木，习惯了随波逐流，却不会于艰难坎坷中去寻那一份映亮生命的美。

所以，不管怎样的际遇之中，我都希望我们的心里有着明月，还有月亮下洁白的雪原，如此，我们的生命，定会皎皎如月、纯纯如雪，无论何时回首，都是永远的圣洁美好。

聊慰那些痒与痛

有时会想，如果世界上没有了蚊子，可能夏天也不算是完整的了。虽然蚊子似乎是有百害而无一利，但习惯了有蚊子的夏日，已经把它们当成了一个标志。更多的时候，是一种心理在作怪，比如回到阔别的故乡小村，连蚊子的叮咬也会有着一种亲切感。

我曾遭遇过一种极强悍的蚊子。有一年去一个山区，让我见识到了蚊子的强大。那些蚊子极大，比普通的蚊子要大上三四倍，通体黑色，不像平常蚊子那样轻巧，给人一种凶猛的感觉。那蚊子似乎连蛛网都能冲破，咬在身上是很尖锐的一种痛，事后要痒上一个月的时间，才渐渐消失。幸好那种蚊子数量并不多，也不成群结队出动，否则真是不敢想象。

去年夏天，去一个山岭上游玩，由于在山上逗留时间过长，待得想下山时，天色已暗。这个时候，草丛中树林里的蚊子便出动了，充耳的嗡嗡声响成一片，形成一种巨大的恐怖的旋律。于是护住身体裸露的部位，可是依然觉得后背上火烧火燎，看前面的人才发现，他的背上已经铺了一层的蚊子，它们正坚持不懈地隔着衣服把尖尖的口器刺入。这个时候只觉浑身无处不痒，只好飞奔向山下，身前身后却都是蚊子的重围，只觉耳朵里难受，伸手指一挖，竟挖出了好多的蚊子。待下山回到住处，身上衣服薄的地方几乎已经没有完好的，真是痛苦万状。回想刚才山上的蚊群才发觉，原来在黑黑的夜里，室内偶尔一只蚊子在耳边的嗡鸣，相比之下有如天籁。

记得少年时在松花江北岸上打草，夜里就睡在草甸的窝棚里，蚊子更是铺天盖地。于是常常燃起一堆火，把一些湿草放在火上，让滚滚的浓烟把蚊子驱逐在一定范围之外。一次结识岸边一位捕鱼的老人，他在夜里却是将一块儿干的龟壳点燃，驱蚊效果极强，且在那周围，被烟熏到的蚊子纷纷坠地死亡。老人给我讲，龟和蚊子天生相克，龟怕蚊子叮咬，咬上不死即残，而炖龟时，如果龟肉不熟不烂，捉只蚊子放进锅里，龟肉片刻即烂，而龟壳点燃杀蚊最佳。我没有去验证过这种说法，不过龟壳熏蚊的确是很有效果。

在宁夏石嘴山的黄河边上，虽然草木稀少沙地无际，蚊子却是极多，且战斗力极强。夏天的时候，那里约晚上九点钟天才渐渐黑下来，八点半左右，蚊子便准时出现。那里的人便会在下蚊子之前回到家，否则就是灾难性的后果。我就不幸遇见了。那个晚上在黄河边游玩，一时兴起，便多走了一会儿，待要回去时，蚊子便下来了。那是很可怕的一个场景，似乎听不到嗡嗡的叫声，但是却觉得像下雨一般，蚊子纷纷撞击在身上脸上。当时手里拿着一把小扇猛烈地扇，却是无济于事，而且那些蚊子咬人极疼极痒，我深信，如果在外面时间长了，真的会被蚊子吃掉。

可能每一个人都被蚊子咬过，每一个人都在心里痛恨着蚊子，可是在这个夜里，挠着胳膊上新被蚊子咬过的红肿，回想与蚊子遭遇的种种，忽觉那些经历似乎也是值得回味。也许，蚊子们存在于这个世界上，也是一种注定，既然灭之不绝，便从中找出些乐趣来，聊慰那些痒与痛。

四季虫儿飞

一

那许多在记忆里飞舞鸣唱的，在夜夜的故乡梦中呼唤我的，我亲切地称它们为美丽的虫儿。我愿将生命化作一片林木草丛，给那些可爱的精灵以多姿的舞台，给灵魂以憩息的乐园。

当天空变蓝，当候鸟的身影滑翔在天际，当风轻水暖，那些虫儿便都出现了，仿佛从一个长长的梦中醒来，带着几分欣喜。喜欢凝神于花瓣上的蜂儿，喜欢追逐于以花为沧海的蝶儿，芬芳摇摇，一幅充满生机的剪影。那时的我，正是少年，最喜欢与母亲在南边的菜园里，翻着那黑黑的土地，间或有蚯蚓的身影于泥土间蜿蜒出现，仿佛我们惊扰了它的梦。不过没有关系，它们即使醒来，也不会寂寞，在这片园子里，会有许多的种子陪伴它们一起向上努力。

这个时候，大地上便会出现许多极细小的土堆，旁边是一个更小的洞口。蚂蚁们进进出出，似乎地面上全是它们忙碌的身影。不知它们是何时出现，仿佛只是一夜之间，就在大地上开了无数扇的门。我常常目光追随着一只只蚂蚁，看它们怎样越过它们眼中的无数重山，渐渐发现，无论走出多远，它们都能寻到回巢的路。据说蚂蚁能传播一种化学气息，所以走出再远也不迷失。可是，许多年以后，当我离故乡千里万里，心却无日不思归，心中的那条路永远清晰，通向那个最温暖的来处，凭的又是什么？我知道，那是一种情感、一种眷恋，所以千山万水也阻挡不了我回家的脚步。

春天的虫儿，从最初的寥寥，到最后的丰盈，是随着阳光的渐暖使然。一如我无论身在何时何境，故乡，永远是暖暖的，我愿意在那厚重的怀抱里，如蚯蚓般，如蚂蚁般，度过人生漫长的冬季。

二

最绚丽多彩、最热闹非凡的时候终于来了。生活在乡下，两种飞虫分别统治了白天和黑夜。苍蝇是无处不在，它们透明的翅上载着阳光，盘旋飞舞，室内室外，墙头檐下，都是那些闪烁的身影。特别是午后小睡的时候，那一片嗡叫简直成了催眠曲，虽然它们偶尔会落在身上脸上，却是轻触即走，便也不去理会，依然让香梦沉酣。多年以后，一直记得一个情景。那时午睡醒来，睁开眼，见头顶一只苍蝇悬停，两翅振动得失去了踪影。可是在异乡，夏天的苍蝇依然多，却是只带给我厌烦。在思乡的情怀之中，连一只午后的苍蝇，都会觉得亲切无比。

夜里是蚊子的天下，躺在土炕上，常于极静之中，听闻耳畔细细的鸣声。心便悚然，闻声即打，却是打之不绝。每个人，每个夏天，身上都会留下蚊子的痕迹，便也释然。蚊子既然存在，便也是一种注定，无法躲避，便留一

段回忆，聊慰那些曾经的痒与痛。

常常在阳光最好的时日，来到大草甸里，躺在深草丛中，万籁皆宁，只有仰面被草叶划破的蓝天，风走云度。渐渐地，耳边就热闹起来，各种叫不出名的小飞虫在草丛间穿梭，而身边窸窸窣窣，爬虫继续它们的游走。躺在那里，闭眼感受着神奇而未知的世界，却是生平最安稳的仰卧。而夜里的大草甸，则是青蛙的世界，远在村里，依然可以听见那起伏的蛙鸣。现在想来，那些蛙声如梦，却是没有比梦更远的地方了。

曾在小河边，看见水中许多的小虫游上岸，便伏在那里不动。寂然良久，忽见虫儿背上裂开一小口，一个小小的头钻出来，然后用力一挣，身体完全脱离虫蜕，新生的小家伙背后透明的翅膀折叠着，待在阳光下晾干了水迹，翅膀打开，飘然飞去。那是很震惊的一幕，漫天飞舞的蜻蜓，竟是来自仍在水中挣扎着向岸上游动的虫子！

南园的杨树上，每到此时，就会出现一些恐怖的虫子，它们土褐色，身上的毛如细刺，都称之为贴树皮。那是我们避之不及的东西，它们长得特别像毛毛虫，可毛毛虫终有一天会蜕变成蝴蝶。多希望有一天，我的心也能破茧成蝶，用一双美翅飞越那无数的水阻山隔，投入故土的怀抱。

三

清凉的夜里，当蟋蟀悠长如诉的琴声潜入遥远，将那轮月儿听得清辉满溢；抑或渐黄的田野上，当蝈蝈的鸣唱随风飘荡；更是粉色的黄昏，当成群的飞蛾在叶落如蝶的林间乱舞；还有午后融暖的阳光下，当许多美丽的七星瓢虫纷纷飞临，扑衣沾帏，一个金色的季节就来临了。

大地上的庄稼成熟了，在银镰闪烁中结束又一度的轮回，当人们将所有的收获运回院子，田地里立刻热闹起来。各种小东西纷纷出现，捡拾那许多遗落的颗粒。田鼠是最勤劳的，曾经看过别人挖开田鼠的洞穴，里面极为宽阔，且分成多个四方的间隔，有储存玉米粒的，也有装大豆的，分门别类，极为齐整。若是被毁了藏粮食的洞穴，几天后，田鼠则会悄然死在不远处，无望过冬，是一种绝望。

都说闻秋虫易引起乡思，是的，听春鸟于春朝，闻秋虫于秋夜，又如何不乡情难抑？在那些异乡的夜里，难眠之际，便觉草丛中、树林里、墙角下，那些虫儿的鸣唱长短起伏，万声入耳，翻涌起无尽的归意。

四

北方的冬天冰封雪盖，喧闹了三个季节的虫子们都已销声匿迹，不知所终。而室内却盈暖如春，仍常可见虫儿的身影。曾经看过一只苍蝇，它一直停留在屋里，所以避过一墙之隔的寒冬。我们谁也没有打死它，它就那样自在地飞着，似乎欢欣，又似乎孤寂。不知哪一天失去了它的踪迹，可它却一直飞在我的记忆里。

有一次发现一袋米里竟有了许多白色的小虫，家里人便弃了那袋米，可是过些天再去看，虫子一只也没有了，却是许多小小的蛾子满屋地飞。那些小小的虫儿终于用另一种生命形态，摆脱了桎梏。

由此想到了秋天时的惊喜，就是南园中杨树上那些类似毛毛虫的贴树皮，我无意中看见，它们竟然也能蜕变，却是变成那种很大的花蝴蝶！作为爬虫时，它们那么丑陋，那么让人恐惧和讨厌，而经过痛苦的挣扎后，却是拥有着那样一双多彩的翅膀！忽然明白，那何尝不是一种保护。

世事风尘，很难再用一双纯净的眼睛去看那些一年中的虫儿，可是在心底却永远有一个不受沧桑浸染的角落，让那些虫儿自由栖飞。窗外又要冬季了，可我心里的那些虫儿，却将四季贯穿，连缀成对故乡永远的怀念与眷恋。

场院是村庄的海

当西风吹黄了大地，场院便成了庄稼的相会之所，整整两个季节，不同的庄稼驻守在自己的田里，遥相凝望，而此刻，它们杂然垛在空地上，交流着各自的清香。人来车往，马嘶牛吼，人们的脸上全是笑意，此刻的场院，是聚集着所有快乐的海洋。

终于，等不及的庄稼被齐整整地召到场院中间，躺成了一个大大的圆圈，兴奋的碌碡在牛马的带领下，开始了一圈一圈的旅程，发出一路咯吱咯吱的欢笑。欢快的谷粒随着碌碡的脚步，从穗子里跳出来，在阳光下露出黄澄澄的笑脸。鸟雀们约好齐来，纷纷落在谷垛上，去啄食那一颗颗的饱满。场院的秋天是沸腾的，经过一年的等待，它盼来了自己的盛宴。

然后就是热闹的扬场。扬场就是用木制的扬锨，撮起粮食堆上的粮食，高高地扬起，粮食就像金黄的瀑布从天上洒落，这个过程中，西风便会吹走粮食中掺杂的皮壳或杂细之物。所以扬场一般选在有风的天气，粮食在人们的笑容里纷飞，我们的心也满溢着喜悦。当岁月的风吹去那些细碎的情节，我心里剩下的，都是饱满的思念。

当劳作了半个秋天的碌碡安静下来，场院也恢复了宁静，那些残余的枯叶在渐冷的风中翻舞。鸟雀仍在寻觅空地上遗落的粮食。碌碡们横七竖八地散落在场院周围，身上的谷香麦香一冬都不会消散。它们仿佛酒足的醉汉，惬意地席地而眠。

那时的我们，把场院当成无忧的乐园。有时学着那些碌碡，躺在铺排在地的庄稼上，不停地打滚，沾染了一身的丰收气息。有月亮的晚上，我们会爬上最高的谷垛，仰卧在一片柔软之上，鼻息里全是庄稼朴素的香气。月亮就在头顶，照耀着秋夜的静谧，照耀着我们快乐的心事。不远处，看守场院的老爷爷坐在土堆上，衔着的烟袋闪烁着微微的光亮，身旁倦卧的黑狗偶尔竖起耳朵，发出几声低低吠叫。身后村庄的灯火，扑面而来的温暖，把场院拥进自己的梦境里。

其余的时间，场院便分外寂寥，只有不同方向的风路过。作为村庄最大的空地，场院多在村外，地面已在一年年的碾轧之下，极为平整坚硬。有时村里来放电影的，场院便难得热闹起来，吃过晚饭的人们，开始聚集在此处，无数的烟袋锅里的火光便点亮了群星，手持宽大的向日葵或倭瓜的叶片，不停地扇打着伺机进攻的蚊子。洁白方正的银幕竖起来了，大大的喇叭也挂在支撑幕布的木杆上，当音乐响起，闲谈的人们立刻噤了声，连蚊子也不再低吟，目光都被吸引到银幕上。偶尔会响起几声呼三唤四的声音，不知谁在寻找自家的孩子。

露天电影夜深方散，第二天，意犹未尽的我们仍会来到场院上，却只余满地的烟灰叶片，仿佛昨晚的喧闹只是场院的一场梦。多年以后，当我身处都市的繁华，当村庄的场院已成为历史，才发觉曾经的美好，也如一场易散的梦。许多年未曾回到乡下，回到我的村庄，听闻场院早已不复存在，古老的耕作方式正被现代化所替代，却也远去了许多只能回忆的眷恋。

故乡的场院，常常在回望里漫成无边的海洋，翻涌着那些永不再来的欢乐。一个秋天的夜里，我梦见了家乡的场院，它依然平整，依然谷垛林立，开阔的空地上，沉重的碌碡滚压着无尽的往事，那些隐藏在岁月深处的幸福全都跳跃出来。在醒来时的枕畔，我的心里盛满了暖暖的感动。场院并没有消失，它就在我的心里，是我生命中永远的空地，等着我把所有采撷收割的幸福存放。

纷纷开且落

春花易逝，特别是那些树上绽放的，总是在短暂的缤纷之后，于风起雨落中飞红片片，零落成泥。窗前的两棵樱桃树，这几日已经在枝丫处鼓起了一粒粒小小的苞，数日之后，便会一树粉红。那些细碎攒簇的花儿，轻香暗吐，每一年都会在窗前氤氲着一片静美。它们也会很快地凋落，在窗后凝望的眼中划过无数道浅浅的怅惘。

似乎许多人都在为花谢而悲怅，特别是看过《红楼梦》，黛玉的葬花之举，将这种心绪点染到了极致，更有悲怆哀绝的《葬花吟》，直教人不忍卒读。真不知是从何年何月，落花成了人们宣泄愁怀的景物，也许是一种美好挡不住的消逝给人们以感慨。直到看过王维的《辛夷坞》一诗，才忽然明白，花儿就在那里开谢，本无意感染别人的眼睛和心情，是我们自己赋予了花儿太多的情感。

“木末芙蓉花，山中发红萼。涧户寂无人，纷纷开且落。”这是幽谷之花的一生，它们在人迹罕至的大山深处，独自美丽着寂静的岁月。曾经多次在

春日乘车穿行于小兴安岭的莽莽群山中，也会于那些一闪而过的山谷间，一簇簇不知名的山花与眼睛相遇。再想起王维的诗，便觉得意蕴深远。那些花儿，从不因为无人欣赏、无人嗟叹而不开放，它们就是它们，年年用短暂的花期丰盈着自己的一生。

纷纷开且落，是一种洒脱的寂寞，或者说，是一种恬然的情怀。如果我们非要给那些花儿赋予一种情感、一种精神，我觉得更应该是这种，至少能不让我们伤情喟叹，能给我们以静静的怡然和感悟。就像那些太多太多的平凡的人，他们的一生也从不落入别人的眼睛，而他们就那样生活着，不纷争，不在意，一种悠长悠远的幸福。我们是为自己活着，而不是活给别人看，所以即使平凡，也美丽。

每一年，窗前的樱桃树花儿谢后，都会生长出极新嫩的叶子，青青然，另一种全新的意境。那些花儿曾经开放处，全是密集着的小小的颗粒，夏天的时候，那些鲜红欲滴的樱桃便会点缀于绿叶间，如星闪烁。那样的场景，并不比一树春花逊色，更多了一份成熟的意味。

花落而实成，其实也是一种绽放。一种美丽过后，总有另一种美丽来延续。人也是如此，一种辉煌的过去，会有另一种美好来替代，若是长久地沉湎于过去的美好，就会错过许多接踵而来的美好。那么就去珍惜眼前当下，即使花儿谢落而没有果实，只要记得曾经的灿烂，就是一种得到，一种收获。

我可以想象，当窗前樱桃树上的花儿谢后，女儿们会站在树前仔细地看，然后欣喜而充满憧憬地说："真好，夏天时，树上又会有许多许多的红樱桃了！"

睡起莞然成独笑

一个初夏的早晨，张开眼睛，晨光已将窗帘抚摸得一片温柔的红，透过窗帘的缝隙，看到一线蓝天如洗。这个瞬间，仿佛唤醒了长夜梦里的一点温柔，便觉得满心欢畅，便笑由心生，对着美丽的霞光。

在某个清晨，醒来时莞然成笑，那笑容便是从心底最温暖处漾出来，从梦的最柔软处生长出来，会点染一整天的心境。这样的一朵笑容，来自一枕安然的梦境，来自睡前无忧的心态。而红尘劳碌中的我们，每天行色匆匆，于熙来攘往中让心蒙尘成茧。即使睡下，依然脑中纷纷，就连梦里都是让人黯然的种种。而睡醒后，一想到又一天如旧的忙碌，即使朝阳再美，也穿不透黯淡的心扉。

于是就感觉那样早起微笑的时刻离我们很遥远，总觉得那样的笑，来自轻松惬意的生活。而我们整天工作，焦头烂额，愁绪茫茫，就连笑都觉得疲累。怀着沉重入眠，醒来只觉头晕眼花，哪有心思去笑？有时候就会怀念从前的日子，仿佛快乐永远在昨天。记得原来上班时，有个女同事每天都很开

朗，就像从没有烦心事。对比于我们的精神状态，她就像从来不知道工作的疲累和生活的繁复。我想，她每天早晨睁开眼睛，脸上肯定会露出最舒心的笑。那么，就说明这和生活和工作没有太大的关系，剩下的，只有自己的心情和心境了。

就像那个初夏的早晨，我笑过之后，生活依然是原来的生活，日月流年依然在奔走的脚步中消逝，依然有那么多的琐事等着我。可是在笑的那一刻，这一切似乎都很遥远，甚至不存在般，眼中心里有的，只是源于生命本真的愉悦。而且那一天，虽然依旧湮没于日复一日平淡的生活中，心里却明明亮亮，平时熟视的一切都充满着一种生机。有时候就是这样，刹那间与心灵的共鸣，就会影响长久的心绪。那是一种只能自己体会的情怀，无法与人分享。

想想那样的情境，饱睡而醒，不禁莞然，不由自主地就自己露出了笑容。独自欢笑，似乎是没有来由的，就像那一刻与天地自然与生命悄然暗合，才有了如此的会心与默契。这已经是一种境界，起初的时候会觉得可遇而不可求，可是若真正明了其中的玄奥，便可成为每一天最美的开端。那是一种自然而然的微笑，不受任何事物的羁绊，就那样醒了，就那样笑了，而且是独自的时候。而我们在人多的时候，大家一起说话，即使笑，也像是硬挤出来的。我们常常不自知地给自己这样的暗示，生活艰难，工作不易，哪里会笑得出来？哪里会那样没心没肺地笑？于是时日一久，会觉得百般情趣皆被消磨，余下的，似乎只有麻木。

刚刚从长长的梦境中走出，也刚刚走出长夜的黑暗，面对满窗霞光，回思梦里种种，若是美梦则回味悠长，若是噩梦则庆幸只是一梦，又逢睡足神饱，那么展颜一笑，是很正常的事。也许回想多年以前，这种状态也是极为常见，可是是什么使我们失去了在美好的早晨会心而笑的心情？怎么会睁开眼睛凡俗的种种不如意就涌上心头？生活困囿着我们，我们桎梏着自己的心，如此而已。

还记得看过一篇文章，教授赖建诚在给儿子的“人生三愿”中说：“吃得下饭，睡得着觉，笑得出来。”这说的就是一种心态，并不是消极地度日，反而是很积极的精神。笑得出来，是指自然的笑，由衷的笑，是从心底开出的花朵，那是不灭的希望荡漾成梦想的形状，那么，就不会再慨叹生活的烦琐与无味。笑得出来，生活便永远充满奇迹。

每一天的早晨，都独自莞然而笑，那么，一生的时光也会在美丽的笑颜里生动。

呆中天地宽

果然又是那样的状态。

倚在床上，拿本书，本想好好地看上一会儿，刚翻一页，便陷入一种停滞的状态。虽然目光留在书页上，心却不知游于何方。及至神归魂返，才发现时间过了许久，却一个字不曾看进去。而回思刚才，却记不起到底想了些什么。

发呆，总是这样在难以预料中到来。

甚至喜欢上发呆的时刻，虽然那一刻似乎不受自己掌控，可是却会让心灵进入到一种难以描述的境界中去。发呆和发愣不同，发愣多是遇事时的突然状态，而发呆则是自然而来，倏忽而去，不可捉摸。

有一种发呆状态，是靠自己进入，虽然也是不期而来，却有着自己起始的原因。比如正在做什么事的过程中，忽然想起某事或某人，然后一下子陷入回忆或者憧憬之中，脸上带着微笑，心却徜徉于只有自己知道的美好情境之中。回过神之后，刚才所思所想仍在心底流淌，依然回味无穷，仿佛随时都能再进入另一次发呆。

我们每个人都曾有过那样的发呆时刻，因思过去，或想未来，或念某人，或恋某物，一个起点，便让我们有了一段只属于灵魂的时光。

记得上大学时，有一次在图书馆寻书，转过几个书架，忽然看见本班一个女生，正倚在窗台前，垂下的手中拿着一本书，却不知在想些什么。彼时有阳光透窗而入，她的长发上闪着细细密密的光泽。那样的时刻，这个素来平凡的女生，竟有了一种直入心灵的美，却是让我也一时看得呆了。我走上前，她立刻惊讶地回神，我笑问她想什么那么入神。她一时竟说不清，然后拿起手中书，说正看着书，其中有一句话一下子触动了她，然后便神飞无极了。

所以，一个人在发呆的时刻，在别人眼中，或许就是一种美。那种美是来自心灵，直接进入别人的心灵。

而还有一种发呆，却是毫无预兆，突然而至，没有一个引发点，或者自己已经不记得是什么所引发的。就那么绝无痕迹的莅临，又猝然离去，过程极短，短到只觉进入一个极美的天地，感受到那份美，却无法去记忆，去回味，甚至根本不知道自己曾经有了片刻的发呆。如一只美丽的鸟瞬间飞过的天空，飞过我们的眼睛，美丽的痕迹一闪而逝，让我们怀疑它是否真的曾经来过。

有时走在大街上，或者于公交车中，本来忙碌的人们，其中某个便有了片刻的失神，虽然极为短暂，可是对于那个人来说，那一刻，也许正海阔天空，地久天长。

每一粒砂中，都藏着一个尘世的美，每一滴水中，都有着一片海的美，而我们那些难得的发呆时刻，便如一粒砂、一滴水，虽然易失易散，可对于在世间劳碌奔走的我们而言，却有着浸润生命的力量。

虽然，清醒过来，身畔依然是不如意的世界，可是有了那些发呆的时刻，就像在心灵里开辟了一片花园，总会洇染我们疲惫的心。所以，虽然无法把握，无法珍惜，可是，只要还能有发呆的时候，就说明我们的心里还有着希望，说明这个世界还有着让我们眷恋着的美好。

一枕乡音梦里听

（2016年广西壮族自治区桂林市中考模拟考语文试题）

离得越远，越容易听见乡音。因为在更遥远处，故乡的地域被扩大，乡音也成为一地之音。若在国外，可能闻汉语而动乡情。而其实，如果细究到每一个村子，语言都是有着些许差别，生于斯长于斯，感触细微。比如在同省，听到同一城，或者同一镇的声音，都会有着难抑的激动。

而在我家乡的小村子，语言没有什么特殊的音调变化，也没有什么特殊的发音，基本属于普通话，只是有一些词语或者句子是外人难以弄懂其中意思的，这或许是东北话的普遍特征。当将乡音细化到村，那么，不仅仅是语言方面的缘故，更是因为同饮一井水的那种情感，才使得他们的话语也亲切入心。

当时村里有一个孩子，说话极让我们讨厌，倒不是他说什么难听的话，而是他说话时的嗓音和动作。他的声音很尖细，却又不似女孩声，所以听起来很不舒服，而且每一说话必手舞足蹈，因此大家都远远躲着他。直到长成少年，他说话依然如此。当搬离那个村子时，我竟是很庆幸可以不再见到他，不再听到他的声音。

多年以后，当我在几千里外的异地他乡，回想起故乡的种种，也从没有那个孩子的影子出现。那个夏天的午后，我正躺在宿舍的床上看书，他便找了来，虽然十多年不见，已经面目全非，可是他一开口，我便认出了他。声音依然很尖细，依然手舞足蹈，可是，这曾经讨厌的一切，此刻，在陌生的土地上，竟差点逼出我的泪水来。

原来，曾经的一切，在经过距离的遥远和思念的累积之后，都会变得美好，哪怕是曾经讨厌的声音，也是游子心中的天籁。

当年的邻家老奶奶，白发苍然，一肚了的传说故事，每天晚上，我们都会聚集到邻家，听她讲故事。她盘坐在炕头上，那略带山东口音的故事便流淌出来，每一天都不重样。我们听得上瘾，虽然害怕那些鬼神之事，却欲罢不能。后来，那个老奶奶去世，也带走了她一肚子的故事。当离开故乡后，总是想起那个黑黑的屋子，想起昏暗的烛光，想起那张满是皱纹的脸，想起那略带山东口音的故事，才觉故乡遥远，而飘荡在记忆中的声音，却比故乡更远。

一个冬天的夜，窗外是无边无际的寒冷，拥被而眠，竟是梦见了当年的情景，梦里，邻家老奶奶清晰的声音，穿过沉沉的梦境，化作醒来时的一枕清泪。有些乡音，真的只能在梦里重闻，梦，是比故乡更遥远的地方。

当年，村里有个傻子，每日里站在村口，嘴里发出哇啦哇啦的声音，他只会发出这一种声音，谁也听不懂他要表达些什么。那一年在外历尽风尘重返故乡，一进村口，便听见他独特的声音，带着巨大的亲切感一下子便穿透了风霜覆盖的心，泪落如雨。只要是故乡的声音，只要是乡亲的声音，不管那是怎样的声音，总能抵达我们心底最柔软的角落。

可是，离乡日久，许许多多的乡亲，却再也见不到了，更多的，都星散在外，而故乡也正一日日变得让我们不认识，心中的故乡渐渐远去。所以，我们越走越远，回去的时候越来越少，熟悉的乡音，也只能在偶尔的旧梦中响起。或许，我们一辈子不曾改变的口音，就是故乡给我们留下的印迹，一直相伴，一如心中的故乡。

一朵花开的时间

（2014年辽宁省阜新市中考语文模拟试题）

阳台上的一盆杜鹃开花了，开了许多朵，深红色的，点缀在绿叶之间，很是美丽，还有许多将开的，打着苞。忽然就突发奇想，想看看一朵花到底是怎样开放的，于是那个夜里，我坐在阳台上，静静地等着花儿的开放。

就那样与一盆杜鹃对坐，有月光从窗外照进来，把花的影子投到对面的墙上。许多花蕾在月光里轻轻地摇着，思绪也随风起伏。花蕾尖尖的，不知该会有怎样的一种力量让它慢慢绽开笑靥。

我就着月光看一本席慕蓉的诗集，不时抬眼看那些花蕾。心境竟是如此的平和，日间的所有纷繁杂念如灰尘般不知飘落何处，有的只是静谧与安详。不知过了多久，从席慕蓉的沧桑意蕴中抬起头来，惊喜地发现一些花蕾的尖部已微微张开，像嘟着的小嘴向外轻吐着淡淡的香气。月光照在我微笑的脸上，心里浅浅地有了温暖。

到了午夜，月亮渐渐西斜，花的影子也在墙上慢慢地移动着。有的花蕾已绽开了更多，就像铃铛的形状。许多花都是在夜间开放的，在那寂静的只有月光陪伴的时刻，它们把自己的美丽一点点地释放出来。

慢慢地看着一朵花的开放，忽然就想起曾经读过的一句话：“一朵花的开放其实正是花心的破碎啊！”也许世间的所有美好背后都有着一份痛苦的努力，根植于痛苦的美好才是持久而震撼人心的。

当月光渐渐淡去，霞光映红了窗棂，那些花儿已经半开了，就像从一个美丽的梦中打着呵欠醒来。太阳升起的时候，它们已经开到了极致。我和花们相对而笑，沐浴着金色的阳光。

当人们从梦中醒来，惊羡于一朵花的美丽，没人会想到在漫长的夜里，花儿们经历了怎样的努力与挣扎。同样，当我们看到某个人的辉煌，也很少会去想在不为人知的背后，别人曾付出过怎样的艰辛与汗水。

一朵花开的时间，像极了我们努力的一生！